鐘の渡り

古井由吉

新潮社

鐘の渡り　目次

鐘の渡り

窓の内

窓に向かって、両の掌に顎を深く沈めている。頬杖をついたかたちに見えるが、坐っているのではなくて立っているとある。窓はよほど高いところについているのか。やがて、表を通りかかる人が窓の内に陰気な、首斬人《くびきりにん》でも見たような顔をする。そこでようやく、悦にまた耽りすぎたことに気がついて、ひそかにおのれを戒めると言う。瞑想の悦である。

十八世紀のドイツの、大学のある街のことらしい。私も二十年ほど昔のドイツ旅行中に、中くらいの都市の裏通りにたまたま踏み入ると、子供の頃に見たような横丁とはおよそ隔たった風景であるのに、なにやらしきりに懐かしいような心地になり、家々の窓を眺めて歩くうちに、一軒の家の窓の内に、鉢植えの紅い花の上から、白髪の首がにょっきりと出て、いかめしげな顔でこちらを睨んでいる。目がまともに合いそうになったので、取りあえずかるく頭をさげて、逃げ足にならぬようゆっくりと遠ざかったが、窓の内の顔には、こちらをじっと見ていながら私の存在の、影も差さなかったようだった。

首斬人に見えたとは、斬り落としたばかりの首を両手に支えて差し出しているように、通りがかりの人の目には映ったと、窓の内の人にはそう思われた、ととっさに読みそうになるところだが、そこまでどぎつく取ることもない。いずれ諧謔味のあることだ。首斬人はドイツ語ではヘンカーと言い、悪魔という言葉と同様に罵倒、毒づくのに使われる。《ヘンカーがお前をつれて行け》は《さっさとくたばれ》あるいは《とっとと失せろ》の意に、《ヘンカーにでも聞かせてやれ》は《俺の知ったことか》の意におおよそなる。人にはめったに通じそうにもない瞑想に耽っていることへの自虐の念と、あるいは響き交わすか。自然科学《フィジック》のほうを本業として、学壇よりも自家の哲学者であったようだ。

死について思いをめぐらすことを好むと言う。とりわけ自殺のことには少年の頃から関心があり、その年で自殺擁護論を物したほどだったが、近頃いよいよもって、思うことしきりになった、と。自分がつねにひそかに見るには、人間は自己保存の力が弱まり、いささかの事にも負けやすくなれば、罪悪感に責められたわけでもなしに命を絶つことがある、と。

死のことに思いをめぐらしていると熱中のあまり、半時間も数分のように過ぎると言う。これは自分にとって精神的な愉楽であり、切りあげるには惜しいけれど控え目に楽しむようにしている、と。これでは首斬人が窓から首を差し出しているように見えても仕方がない。むしろ死神と言うべきか。悦に入った死神というものもありそうだ。しかも人のではなくて自身の死をさまざまに想像しているのだから、デカダンスのきわまれるものとも取れる。しかしその口調は、後世の憂愁の文人たちとは一味も二味も、違って聞こえる。細くはないのだ。陰気な首斬人と自分で言っているが、暗くもない。大体、それがわたしの愉楽だなどと、虚弱の徒はそんなにあけすけに言うものだろうか。これを惜しみ惜しみ楽しむようにしているのも、梟のような夢想癖がそこから生じるのを、おそれるからだと言っている。首斬人と見られても、梟になるのは御免のようだ。

愉楽は死のことばかりでなく、自分自身を省察することにもある。そしてその愉楽の所以は、表面において癒合するところにある、と言うことがだいぶむずかしくなるが、鏡の前で自分を観ることを思っている。つまり、鏡の内と外との自分がひとつに合わさる、という喩えになる。ということはまた、鏡の内の自分と外の自分とが、観る者と観られる者とが、けっして同一ではない、ということが前提になるはずだ。とにかく、癒合にしても、表面において、ということが肝要であるようだ。表面に留まらなくては愉楽にならない、奥底に分け入ったらそれどころじゃない、ということか。これがおのれを観るためには絶好の位置取りである、と言う。世の繊細なる熱中家の、幸わせな恋に恵まれ、穏やかなバッカス神の御来臨のもと、夏の夜に、甘い楽の音につつまれて、恍惚に入るなんぞは、この愉楽にとても及ばない、とまで言う。

ところで、このような表面における自己観想に耽るその顔も窓の外からは、首斬人が首を差し出しているように見えるのだろうか。どうもその意識であるらしい。面《おもて》の陰気さと内の愉楽と、その間におのずと生じる諧謔のもとで、省察の妙が語られているように思われる。しかし内の愉楽はきわまれば、鏡の表面という隔てがやがて透けて、底知れぬ陰鬱の中へ惹きこまれはしないか。それにつれ内と外とが逆転を来たして、顔にひそかな笑いがひろがる。首斬人が笑っている。

とっとと失せろ、俺の知ったことか、と首斬人自身がつぶやく。

世の夢想家やら感傷家やらの愚かしさを掠めながら、自身の死の瞑想に没入して、首斬人の顔を表へ思い浮べる。さすがに年の甲羅を経た諧謔であるな、としばし感歎させられたところが、これが物を読むにも手順というものをおろそかにする私の迂闊さであった。念のために確めてみれば、わずか二十七、八歳の時の記ではないか。私こそ老年にありながら、青年の才気にだまされた。

しかしまた、人の年の取り方は時代により環境によりさまざまであるはずだ。個々人を超えた習俗や生活様式にもよることなのだろう。十八世紀のドイツのことはよくも知らないが、もしも街も家屋も、部屋も調度も、何代にもわたって繰り越されてきたかのように感じられていたとすれば、そして伝来の規範や作法が、いくら新時代の懐疑を以って叩いても、片づけたつもりでも、一向に揺ぎもない重さで信仰を踏まえて立っているとすれば、つまり、時代に追い越されるはずのものが依然として、しばしば永劫のような面相で睨んでいるとすれば、人は二十代のなかばにして、現在の内に自分の死場所を、墓所を思うようになり、若いなりに老年の、頽齢の感覚を兼ね備えるに至る、ということは考えられる。馴れ親んだ寝床に入って息をつく時、そのまま棺を思うことがありはしないか。

少年が青年になり、壮んな季節も盛りを回りかける頃、老年のような境に入る。末期を思う。末期がすぐ目の先にあるように見える。それからおもむろに、人生のなかばへ向かって熟していく。これが長い歴史の中ではむしろ尋常な年の取り方ではなかったか。

若くして自殺を思うというのも、一身を超えて代々馴染みに馴染んだように感じられる所にあるのと、幾年暮らしても所詮無縁と感じられる所にあるのとでは、おのずと違うのだろう。自殺を思うことを近頃とみに好むとは、自分を取り囲む、まやかしとは思ってもどうして堅固な永劫にたいして、自分の死という、これはもう掛け値なしの永劫を立ち向かわせるという、戦慄のあってのことか。その戯れの末に、それでも周囲は残るというところに、憂鬱さはあったか。

じつはこの後期青年も郷里の街に閉塞していたわけではないのだ。大学のある街に寄宿していた。異郷にある身である。それがそこの暮らしにも年の限界が来て去るにあたり、友人に宛てて後の事を託した手紙の中で、こんなことを言っている。もしも僕がここではなくて、あの角を折れて五十歩もさがったところに住んでいたとしたら、今ある自分と違った人間になっていただろうこと、百マイルも南の土地に世話になったのと同様だっただろう、と。

さらに、机の位置を窓の前に移したことが何かの転機になったらしく、もしも机がもとから今のところにあったとしたら、自身の言動のおおむね踏まえるところを、見出せぬままにいたことだろう、と言う。窓の外を眺めながらじつは自身の内を観ているというような、人生の位置取りのことなのだろう。

いかに思索には好い部屋であるか、後釜に坐わるよう友人にすすめる言葉に違いなく、窓からの小路の眺めのことを言っているらしいが、人は居るところのわずかな差によってもろに左右される、とつまりは取れる。

いや、わずかな間のことでも、場所が場所であり、時が時であった、そんな時代の人間のことを、私などはそのつど時を知らず所を知らず生きてきたような我身をかえりみて思わされる。

自分は母親というものを知らないので、人のことがわからない、と知人にいきなりつぶやかれたことがある。とかく不可解な行為に走った共通の知人の、通夜の帰り道だった。つぶやきにしても穏やかな、おのれをつくづく戒めるような声音だったので、私もとっさに共感して、感慨もありげにうなずいてから、しかし母親を知らなければ、どうして人のことがわからないのか、と驚いた。三十を過ぎるまで母親というもののあった私にとっては、微妙ながら、難題だった。お互いに四十代のなかばのことになる。

しかもその知人は、まだ赤児のうちに母親を亡したとはつとに聞いていたが、私などにくらべれば、人への心づかいのまさる男に見えた。人に心をつかって、心をつかわれたことに気づかせない。人のことがわからないどころではない。しかし家の内のことは知れないものだ。もしも、人のことがわからないというその人のうちに妻子も、あるいは妻子こそ入っているとすれば、と思うと男の内心の孤独の深みにひきこまれかけたが、この男が休日に妻子をつれて街を歩いているところに、近頃、出会っている。家族も相手にしばらく立ち話をした。娘は二人とも中学生になり、年頃の兆《きざ》しの、あらためての人見知りの様子こそ見えたが、それもさわやかで、透明なところがあり、中心に主人《あるじ》の孤独の因果を抱えこんだ家の育ちとは、すくなくとも私の目には今から思い返しても見えない。子供の顔は正直である。しかしまた、まともに問い返すわけにもいかぬ事柄のようでもあった。

どのみち、わからないことは、わからないのだけれど、と知人は逸らした。それから、生涯、とつけ足したその声がまるでまさに生涯の沈黙を曳いて、棺の内に納まった男を思わせながら、人通りのたまたま絶えた坂道に沿って、先へも後へも、どこまでも伸びていくように感じられた。どうにもわからないことは誰にでも、人それぞれにあるんだ、と私は答えて、生涯、と言葉を返した。

わかるわからぬはぎりぎりのところ、生まれによってか育ちによってか、それぞれに定まっているように思われるな、と相手は受けた。人の心がわからないということでは、生きていても死んでいるようなもので、いま現在からして、今夜の死者《ほとけ》と変わりもない、とまたつぶやきにもどって、話を切りあげるようだった。坂の上から姿は暗がりに紛れていたが、駅に電車が着いたところらしく、何人もの急ぐ足音が近づいた。

最後にひとり遅れて若い女が通りかかり、甘酸いような匂いが夜気を分けて立った。赤児の温みを感じさせられ、まだ男も知らぬような腰つきだったが子のある身なのだろうか、と振り返りそうになって気がつくと、行く手におなじ匂いが、冷えこんだ路上に一歩ごとにくっきりと、裾から滴ったばかりのように昇ってくる。母親というものを知らぬとは、この匂いにかかわることだろうか、と思った。人のことがわからぬということも、わずかに呑みこめる気がした。人の感情を察するとは、相手が男だろうと女だろうと、その時々にその人間の心の動きの、肌に発する匂いを感じ取って、自身の奥底に遺る幼少の頃の嗅覚に、ひそかに照らしてのことではないのか。自分のことを知らなければ、人のことはわからない。

しかし、わからないとことさらに思うのは、知っていることにならないか。まったく知らなければ、わからないもないものだ。母親との接触が赤児の時に限られてその後を断たれた人間にとっては、その相互の肌の匂いが内に封じこめられて、濃く煮詰まる。意識のまれにしか届かぬ奥底で、その匂いを知っているどころか、むしろ熟知している。年を取ってもつきまとうその熟知の感じを、この男はつい歎いたのではないか。後年、女の肌に触れても、母親の肌の匂いと呼び交わすほどのものを感じ取るまでにはならない。生まれた子の肌からもそれらしい匂いは伝わらない。まして他人は、いくら心をつかっても、無縁のままに留まる。心をつかえばつかうほど、無縁のほうへ遠ざかる。匂いの交感をともなわぬ関係とは、つきつめればおそろしい孤絶に思われたが、もしもそのあげくに逆へ振れ、すべてに亡母の面影を見て、妻にも子にも世の女たちにも亡母の肌の匂いを嗅ぎ取り、男たちの情動にも赤児の感覚で反応するようになったとしたら──。

知れば索漠、わかれば地獄、とそんな悪い冗談が口をついて出かけたがさすがにそれはおさめて、それよりも、生涯という言葉を返したきりひとりで黙りこんでいる自分のほうが影のように感じられ、勝手にもてあました想像を、およそ見当はずれかもしれないので、散らすことにした。

──線香臭い男が二人、むつむつと坂をのぼっていた、とすれ違ってから人は怪んだろうな。死者《ほとけ》の家に思わず長居をしたようなので。

急いだ覚えもないのに声に息切れがまじり、やがて坂をのぼりきって、駅前の灯をやや遠くに見こむところに出た。連れは足を停めて、駅前の明るさの中を行きかうわずかな人影を、不思議そうに眺めた。

――このあたりは、もともと地理に暗い性分の自分などには夜になればどことも知れぬところだけれど、こうして人が湧いて出たように現われると、小さな駅のある在所の町に見えてくる。駅前に三軒ばかり埃をかぶった店があって、よけいにさびしい中で、日の暮れきった後まで、駅舎から洩れる灯をたよりに、子供たちが賑やかに遊んでいる。女の子たちの中には、弟だか妹だか、赤ん坊をネンネコにおぶっているのもいる。おぶったまま、道端の暗がりで尻をまくって用を足していた。一年といなかった土地だった。

ほの暗い光景に眺め入る、靄のかかったような顔つきをしていた。しかし駅前は夜がだいぶ更けて電車の発着の合間のようで閑散とはしているが、いまどきの照明は届く範囲は隈なく照らして、陰翳らしきものもない。子供たちの姿は見えない。かりに群れて遊んでいたとしても、その賑わいがあたりに満ちるほどには、周囲から夜の闇に迫られた場所ではない。この時刻にも閉めていない店もあるようでわずかながら人の往来もあったが、堅い舗装を踏む足取りはとても地から湧いたようには見えない。赤ん坊をおぶって用を足す女の子の影などが紛れこむ余地もなさそうだ。

どうしたらそんな映り方がするものか、とその顔をあらためて脇からのぞくと、ふっと人影を、それこそいま地から湧いたのを見たように、追う目つきになり、つられて私もそちらへ目をやれば、駅よりはだいぶ手前になる暗がりを、背の高い男の影がゆっくりと、異様に見えるほどの緩慢さで、ひろくもない道を斜めに長く横切って行く。年寄りだった。肉がすっかり落ちている。

かなりの高齢と見えた。それにしては腰が屈まらず、背はまっすぐに硬く立っている。長い脚も膝の屈伸がままならぬようで、やはり硬く伸ばしたきり、わずかな歩幅しか踏めず、よたよたと送っている。一歩ごとに前へ一本の棒のように倒れかかりそうになりながら、頭を左右に振って、揺らぎを後へ置き残す。一見ひとりで戯れているような動作に見えたが、しかし全身、いかにも真剣に、生涯がここにかかっているかのように、張りつめている。

——渡りきるまでに、百年もかかりそうだ。そうなんだ、百年はかかるんだ、近間でも。

知人は老人の歩みを見まもった。

向こう岸に若い頃の、女が草むらにしゃがみこんで待っているか、と私も長い感慨のようなものに染まって答えると、女は後から追いかけて来るのかもしれない、どちらが先になるか後になるかは、わからないものだ、と返して老人の渡りきるのを待たずに歩き出した。

その直後に感冒をこじらせて十日も入院したということを知らされたのは、それから半年も経った頃になる。肺炎になりかかり、意識の晦《くら》んだ一夜もあったという。今でもその名残りだか、ときたま、魂が一寸ばかり浮いているように感じられる時があるよ、と苦笑していたが、至って元気そうで、若返ったようにも見えた。その後も息災らしく、子供たちも片づいて、たいしてふけもせずに高年に及んでいる。その夜の話は一度もしたことがない。

低い窓の前に坐りこんで、背をまるめて首を伸ばし、埃まみれのガラスから表をじっと見ている。午前中は台所まわりで細君の仕事をあれこれ手伝っているようだが、昼飯の後から日の暮れるまで、来る日も来る日も同じところでそうして過ごしているらしい。頭は貧相に禿げあがっていた。年の頃は、眺める私がまだ二十過ぎだったので年寄りに見えたが、いまから思えば五十代のなかばほどに思われる。

寝たきりの老女の身のまわりの世話をする細君に付いて、台所の土間から上がった女中部屋らしいところに、一緒に住み込んでいた。屋敷には老女がひとり表のほうの部屋で寝ているだけで、家族はとうに東京へ越したようで、ほかに誰もいない。裏のほうにも幾間も部屋はあったが、たいていは境を閉《た》てたきり、埃を厚くかぶっていた。夜になれば黴の臭いが屋敷中に漂う。裏山の迫った湿っぽい地所でもあった。

日が暮れると男は台所から下駄をつっかけてそそくさと出かけたかと思うと、二時間としないうちに酔ってもどってくる。半端な気炎をあげては細君の剣突《けんつく》を喰らいながら、クチャクチャと音を立てて夕飯を済ましたあとも、喉の奥に詰まって出きらない声でしばらく騒々しくしているが、やがて眠ってしまう。酒の入らない時には、人の目もまともに見られないようだった。人に物を言いかけられれば、イヤア、アハハと笑って、ろくに言葉も返せない。

窓の外の眺めは、私が一度寄ってのぞいたところでは、何もなかった。目の先が隣の家の板塀に遮られる。粗末な造りの、雨風に晒されて白っぽく褪せた板の、ところどころが浮いていた。塀との間は人ひとりがやっと通り抜けられるほどの狭い空地になっている。塀の下には細い溝《どぶ》があり、青味のかかった排水の上澄みを溜めている。男は何を見ていたのだろう。午後の日の移りを眺めるにしても、この空地へ日が細く射しこむのも、向かいの塀に日影の残るのも、ほんのわずかな間であり、午後にはすっかり翳ったままになる。時刻のなかなか移りそうにもない空地へ男は目をやって、日が暮れて酒を飲みに立つ頃合いを、刻々と待っているのか。

地面には杉苔や銭苔の類いがびっしりと敷きつめていた。これこそ憂鬱さのきわまった眺めに、よくもむさくるしく生えたものだと目をそむけんばかりにしているうちに、しかし、高い空の上から広大な原生林を鳥瞰しているようにも見えてきた。これなら半日でもこうしていられるのかもしれない、と我身にひきつけて思ったものだ。窓の前へ屈みこんだ私の足もとには、発つばかりになった鞄が置いてあった。それきり縁のなくなった土地だった。

うかうかしていると、ちょっとした間違いが元であのような、八方塞がりの無為の内に閉じこめられかねない、という戒めとしてあの姿はしばらく遺った。やがて、そんなことも思っていられない、いや、停滞をもまとめて押し流すような時代に入っていた。それでも時代の渦中からはわずかに、いや、だいぶはずれている自分のことは意識して、こうしてあれこれ人並みに事に追われているようでも、世の中の動きに揉まれている人間たちから見れば、無為の内に坐りこんでいるのにひとしく映るのだろう、と外から自分を眺める目は失せずにいた。気の塞がった時には、そんな自分がすぐそこに見えるようで、見ている自分はそれではどこにいるのか、と呆れることがあった。しかし眺めもない窓の前に背をまるめている男の姿を思い出すこともなく、中年に深く入った。あるいは、マンションというものに暮らす身になった時に、四角四面の住まいながら、苔の密生した陰湿な地面をつい見つめるようなことから、これで縁が切れた、とひそかに思ったか。

玄関の正面に据えた机に頰杖を深くついて格子戸の表に眺め入っている自分を夢に見たのは五

十代に入って、立居はもうほとんど自由なのに眠れば寝たきりの体感にもどる、病院のベッドの上からだった。これはどう見ても間違いだ、こんな莫迦なことはあるものか、と夢の内から夢を咎めていた。よほど奇っ怪な光景に映ったようで、憮然として覚めかけながらも、そんなところに机を据えては玄関の出入りのさまたげになるだろうが、とまたむきになって掛かった。それに、あれはまだ子供だよ、とおかしな駄目を押してから、ようやく自分で笑い出した。

たしかに、子供の頃に四年ばかり暮らした家だった。戦後一般の、間借りの仮住まいになる。都電の走る表通りから路地を入ってつきあたりになる玄関の格子戸の、いちばん上の段だけが透きガラスになっていて、子供は所在なくなると玄関の間に出て、古畳の上にちょっと爪先立ちになり、ガラス越しに表を眺めた。机などは据えていない。坐ってしまっては、上段のガラスに低い背は目が届かない。

路地と言っても、表通りに面して建つ家の、右手は履物店、左手は町の旅館の、その奥行きだけのものだったが、子供の目には深くひっこんで見えたようだ。北向きになり、一日の内、陽はわずかな間しか路地の奥に射さなかった。子供の暮らすつきあたりの家のほかに、その脇を折れて鉤の手にさらに奥へ抜ける一段と狭い路があったので、人の出入りはあり、路地の上は踏み固められていたが、冬の霜時には昼間にぬかるんで、石炭やら煉炭の燃え殻をそのつど撒いていた。使い古しのムシロやタワラを敷くこともあった。

正面に望む旧宮邸の敷地の林が、晴れた日には終日《ひがな》、陽を浴びている。翳った路地の奥からはまるで別天地だった。その邸の長塀の手前、家と家との狭い隙間を電車が前のめりのように走り抜ける。そのたびに家は底から揺すられる。関東大震災より前に建ったと言われて、家は内廊下の行きあたりの手水場《ちょうず》の格子窓の上で梁が目にもはっきり傾いていた。おまけに、二階を目一杯に載せている。周囲の家も戦災をわずかに免れた似たり寄ったりの古家で、日光の近くの今市の震災の時には、あたり一帯が軋みに軋んで、その音を集めて路地が鳴り響《とよ》み、玄関に降りたものの土間も波打つようで、表通りまで逃げ切れそうにもなくて立ちすくんだものだ。夜更けには寝床の中から電車の寄せてくる地鳴りに耳をやる。背中を揺すって通り過ぎ、遠ざかった後の静まりの中で、家の内のどこかしらがみしりと、沈むような音を立てる。

表通りを人が往く。半間ほどの路地の入口を、片側の家の陰から現われてはもう片側の陰へたちまち隠れる。午さがりになれば、往来の人の姿にいちいち目の行くような、まだそんなのどかな時代だった。しかし路地の奥からは目で追うほどの閑もない。すぐに消えてしまうので、その甲斐もない。それでも、ほかに居場所もないかのように、いつまでも玄関に立って眺めている。夜の寝床の中からは表通りを往く人の足音が、下駄や軍靴や、靴底に打ちつけた金具の音やらが、近づいては遠ざかるまで、どうかするとくっきりと、冬場には冴々と、往く人の姿がたどれそうに聞こえるのに、昼間にはあたりの物音に耳が紛れて、足音は玄関の内まで伝わらない。音もなく人の姿が角から現われては角へ隠れる。それがやがて、陰から吐き出されてはよろけかかり、倒れる前に陰に吸いこまれるように見えてくる。表を通る人は、路地の奥にはそんなふうに映っていることをすこしも知らずにいるのだ、と思うと、身の丈に余る哀しみが差し込んで、そんな人の往来にも置かれてここに立っている自身への哀しみとなって差し返してくる。

近頃亡くなったこの家の主人《あるじ》になる老女の棺もこの路地から運び出されて、お骨となって路地に入ってきた。それから半月ばかり子供は路地が翳ったまま暮れていくのを見るたびに、人がいなくなっても、昨日が今日になり、今日が明日になるのを、考えても考えても得心の行かぬことにこだわっていた。

路地に人が入ってくる。家族のこともあれば、ひとつ家に雑居の時代のことで、ほかの同居人のこともある。玄関のすぐ前で逸れて裏の抜け路に入っていくのもある。表通りの先のほうへ目をやったきり折れてくるのもあれば、角に来たのも知らぬげに吸いこまれるようにしてくるのもある。どちらにしても、路地の日陰に入ると、足もとがぬかるんでいなくてもうつむいて、ひとりきりの姿になり、玄関の近くまで来てあげるその顔に、定まった表情も見えない。路地からはすぐ近くまで来ても玄関の内に立つ人の姿は見えないことを子供は知っていたが、つぎにどんな表情があらわれるか、その先は見てはならないような気がして、そっと奥の部屋へひっこむ。ひとりきりになった人の顔をそばから見るのはおそろしい、と感じる癖があった。

玄関の戸は家全体のひずみがここにも掛かっていたようで開け閉てが重かった。なぜだか、出る時よりも入る時のほうが手間取った。手間と言っても、半分ほどでつかえたらちょっと引きもどしてからあければ済むことで、住む者たちはそのコツをとうに心得ていたが、くたびれてもどってくる時には、子供ながら、この手間をいつまでも繰り返すのかと思えば足の重くなることがあり、路地を入って来る大人たちが揃ってうつむくのも、同じことにそのたびに厭くせいではないか、と考えた。

物売りの入ってくることもあった。たいていは路地の中途で足を停めて二声三声呼んで、ろくに返事も待たずに引き返す。なぜそんな半端なことをするのか、子供には不思議だった。姿の消えた路地に呼ぶ声だけがのこるようにも感じられた。野菜売りの小母さんが入ってくる。背丈ほどもありそうな縦長の荷物を背負っている。この家には馴染みの、闇米なども運んでくるので歓迎される客だった。重い荷も苦しくないようにすたすたと歩いて玄関の前まで来ると、鋭くなった目を路地の入り口へゆっくりとやる。この辺では取締りの噂も聞かなかったので、癖になっていたらしい。背後をうかがうその目つきに縛られ奥へひっこむ間合いをなくして玄関に突っ立ったままの子供を目にすると、一度に顔がほぐれる。

亡くなった老女は最後の発作の来る半年ほど前から、ときたまおかしなことを口走った。夜な夜な、寝覚めすると、路地から人の足音が入ってきて、玄関からあがり、内廊下を近づいてくると言う。怪談めいた話になるが、至極あっさりとした、夜中に人の家に迷い込む不心得者を憫むような口調だった。声をひそめもしない。部屋まで入ってくる度胸もなくて、半端なことばかりして、いい加減にやめたらいいのに、などと言っている。さからえば聞かなくなる人なので、話されたほうも、それは困ったことだ、などと相槌を打っていると深刻な顔にもならない。深夜には玄関の戸に鍵が掛かる。遅く帰る人があって、鍵を掛けずにいる時でも、あの戸はそんな、するするさらさらと開くような、お上品なものではない。廊下もひずみが来ていて、静かに歩いているつもりでも、すこし遅れみしみしと、騒々しい音を立てる。変な物がひっそりとたどるような、長い廊下でもない。大体、こんな傾《かし》いだ家にこんなに大勢の人間が住んでいること自体、化物屋敷のようなもんだ、と笑う者もいた。

それよりも、二階の四畳半の若夫婦が夜中に仲良くするほうが、俺には怖いな、本人たちはまわりの耳を憚って息をひそめていても、傾いだ家がそれにこたえて喘ぎ出しそうでな、あれがひょっとしたら玄関から廊下を近づく気配となって伝わるのではないか、と深刻そうな顔をして見せる若い男もいた。

しかし老女の亡くなった後、子供は玄関のいつもの場所に立って、暮れかかる路地の眺めに、今日も暮れるのを老女は知らないのだ、とまたその不思議さにひきこまれるうちに、人影がふらりと角を折れて入ってくる。うつむいた姿が途中で消えた。誰もいない。誰も通りそうにもない路地がまっすぐに伸びた。それからまたいきなり間近に姿は現われ、知った顔が玄関の戸に手をかける。

実際に見たわけではない。思ってから目に見えたような気がしたまでのことだが、この路地に入ってくる人は誰でも、本人は気がつかずに、途中で一度、遠い所へ往ってしまうのではないか、また現われるのは、消える前とすっかり同じ人なのだろうか、とそんなことを考えた。

これまで私の聞いた恐ろしい話のひとつに、人をあやめれば、生涯の押し詰まるにつれて、殺された人間の面相が、ほかでもない殺した者の顔に、何かにつけて浮かびあがりかかるのが、本人にも見えてくる、というのがある。二十歳の頃に年寄りから聞かされた話である。言っていることの陰惨さにしては声はのどかで、ちょうど軒から渡る涼風に流すようなつぶやきだったが、若い耳には迫った。とっさの想像をもてあまし、汝ら殺すべからずの、いかにも老巧な戒めではあるが、それ自体、どこか執念深いようなところがあるな、と思って一緒に風へ受け流した。

人は誰でも一度や二度は、人をあやめるようなことをしているのだから、と三十歳にかかる頃だったか、何かの折りに思った。深く考えたわけでもない。また何年かして、殺意というものは、相手の顔に自分自身の面相が剝き出された瞬間に、一線を越えるのではないか、と想像が動きかけたが、やがて男女の間の一線と重なり、眉をひそめて払いのけた。

高年に入ってからもその昔の年寄りの言葉を思い出すことがあり、やはり想像をもてあましたようで、あれは因果応報の御講話の受け売りだな、しかし御講話にあんなどぎつい話は出てくるのだろうか、と仔細らしく首をかしげて脇へ置いた。陰惨きわまる話をしながら年寄りの顔にうっすらと、ひそかな笑みがくりかえしひろがっていたように、今になり思われた。

しかし因果と言われるものはもともと、現世の内とは限らず、前世からも及ぶと考えられていたはずなので、もしも前世では殺される側であったとしたら、殺される者の面相が現世の顔にあらわれるのも道理の内になり、それを見る本人が、見るということはつまり能動であるから、おのずと殺す側の心になる、ということはあり得る、と唐突として考えたのは、自身がもう年寄りと呼ばれる年の境に入った頃になる。殺意にかならずしも無縁でないとは言うものの、現世では人を殺した覚えもない身にとって、割りの合わないことだ。いや、本末の転倒を犯したようだ。これはあくまでも、前世のことにせよ、人を殺した身に返る応報の話であった。しかしまた、前世に人を殺していたとしても、それがどうして、おのれの顔に殺される者の面相を見て、記憶となって現世にもどるのか。記憶のような影が動いたとしても、人を殺したか人に殺されたか、見分けのつきようもない。殺す者だろうと殺される者だろうと、いずれひとつの、おのれの顔ではないか。

前世やら現世やら来世やらのことは想念としても情念としても、私の身につかぬところである。周囲の大勢に支えられればともかく、自分一個としては考えの及ばぬところだ、と分を限っている。あるいは人は自然に、無意識のうちに、前世と来世に依って現世を生きているかもしれず、そうでないと言葉が成り立たなくなるかもしれないとも思われるので、否定することもできない。しかし前世や来世を受け容れるとすれば、魂というものの存在を認めなくてはならない。魂は不滅でなければ魂ではない。そこを問い詰められれば窮する。そのことよりも、夜には眠り朝には起きるという、その当たり前の繰り返しが訝しいように思われることが、年を取るにつれてあるようになった。

寝入り際にはこのまま覚めないことになるのではないかとおそれ、覚めてはまだ生きていると息を吐く、というような境には、いずれそこまで追いこまれるのだろうが、さしあたりまだ至っていない。律儀に月並《つきなみ》をまもっているように訪れる不眠にも若い頃ほどに自己消耗をしなくなった。老いの寝覚めにも馴れて、眠っているようでもあり覚めているようでもある中で時間が過ぎていくのをたいして苦にもしなくなった。部屋の内が白んできたのに感じて目をひらき、併わせてどれだけ眠ったか知らないが、とにかくまた一夜が明けた、とほっとしてまどろみなおしたのはまだ中年の内、仰臥安静を強いられた入院中のことで、夜に眠ることが苦行にひとしかった。

一度目をひらいて眠り返すのはあの病中と同じでも、今では夜明けも知らない。夜明けを見るのは、月に一度あるかないか。顔の白んでいくのも知らずに眠っている自分を、たわいもないものだとおかしがっているつもりのうちに、目を覚ますと陽がすっかり高くなっていたこともある。

寝ては起きての繰り返しの当たり前を訝しいように、時には不可思議のことのように思うのは、朝の寝床の中からになる。この繰り返しがほんとうに同じことの反復であれば、自分はとうに、また一日を迎える気力をなくしてしまっているのではないか、と疑う。それでもやがて寝床から起き出す。むっくりと起きあがり、ぶつくさと衣替えにかかるうちに、一日の仕事は待っていても格別なこともないはずなのに、まるで新しいことを今日に控えたみたいに、気合めいたものが入ってくるようなのは、睡眠のおかげもあり、朝の空気のおかげもあり、厭きもせずおめでたいとも言えそうだが、同じ反復のようでもじつは、眠る間に自分の内で、体力や気分のほかに、何かしらがわずかながら、ほんのわずかながら、改まっているのではないか、と考える。

眠りに入る前の自分と、眠りから覚めた自分とは、すっかり同じなのだろうか、と。

朝に目を覚まして、よく眠ったはずなのに膝のあたりに、長い道をたどってきたような、疲れを覚えることがある。睡眠もまた運動であることは熟睡中の人間の呼吸の、全身をつかった荒さを端から見ればわかることで、まして脆くなった老年にとってあまり深い眠りは危機なのかもしれず、その上、寝返りもろくに打てなくなった身は呼吸の切迫をほぐすこともならず、疲れがどこかへ寄せられて溜まるのは不思議もないのだが、それにしても、昨夜はどこかへ行かなかったか、と覚め際に記憶を確めたくなるほどに、歩きに歩いた末の、膝の抜けそうな疲れを遺す。

長い道を来る夢を見る。どれぐらい長く歩いたかは知らない。あまりにも見馴れた、通い馴れた道が遠く感じさせる。通ってもう何年にもなると思っている。この先、あと何年通えば済むものやらわからない。月に一度足を運んで、自分のことではなくて、どうやら親が始末をつけきらずに逝った事をすこしずつ片づけてくるらしい。午後から半日かけてもいくらもはかどりはしない。息子の知らぬ事が多すぎる。大体、この自分がこれを背負いこんで、何の甲斐がある。毎度、いまさら徒労感に苦しんで、暮れかかる道を帰ってくると、その道がはてしもないようになる。

膝が重くなる頃に、曖昧な三叉《みつまた》の辻に出る。右手の角に欅の木が立っている。枝をあらかた払われて、幹にも車に擦られた傷跡が見える。地蔵さんが立っていそうなところだなと思うと、そこで既視感がきわまる。まるで永劫に繰り返しそうな光景に感じられる。その角を曲りきればゆるくくだる坂の先に駅前が見えると知っているのに、夢は立ちつくして前へ進めなくなる。苦しさに目を覚まし、道のどこもかしこもくっきりと、死ぬほどくっきりと見えていたけれど、行った覚えもない土地だ、と不思議がる。それにしても同じ夢を幾度でも見ることだ、と呆れるうちに、はたして繰り返し見る夢なのか、それともこの夜一度限りのことか、それもはっきりしなくなる。

——今晩は。お出かけですか。

ある夜、背後《うしろ》から声をかけられて振り向くと、ひさしく会っていない知人がこちらを見て笑っていた。その顔が暗がりの中に白く、すっかり若返って見えた。こんなところにお住まいでしたか、と返したその物言いに歳月を感じた。酒をすこしは控えようと思って遠くに越してきました、これから家の者たちをつれてその辺まで、と相手は答えた。お世話になっております、と細君らしい人がにこやかに言葉を添えた。それにならって、ふっくらとした女性がふたり微笑をふくんだ目で会釈した。幼い子供たちが四人ほど小走りに老夫婦にまとわりついている。あれは孫たちなのかしらと思ううちに、一同は路地へ折れたようで子供たちのはしゃぐ声しか聞こえなくなった。

あの人は近頃、亡くなったのではないか、いや、そんな話は伝わっていない、と考えて夢は薄れかけたが、ひきつづき長い道をたどって、いつのまにか両側にさびれた格子窓の並ぶ狭い路に入り、安物の香とも厠の臭いともつかぬものが漂って、どこかで魚を焼いているようでもあり、ここもつくづく見馴れた所だとうつむいて通り抜けると、道なりに例の、欅の三つ辻に出て、また既視感のきわみに立ちつくすかと思ったら、すっと角を折れて坂の上から、生温いようにひろがる駅舎の灯へ目を瞠った。

あそこで、赤ん坊をおぶったまま、道端にかがんで用を足している女の子が、われわれの母親ではないのか、人のことはわからないと言っても、自分のことこそわからないものだ、と遠くからいまさら答えていた。

地蔵丸

日の暮れに、子供の泣き叫ぶ声が表から聞こえる。泣きながらやがて家に入ってくる。あの子は何の故に泣いているのか、と宿を借りに立った旅の僧がその家に居る老女にたずねる。あれはこの家の主人に仕える牛飼いの童で、何かにつけて主人に折檻され、今日も泣いて帰ってきた、と老女は答える。早くに父親を亡くしてよるべもない子だが、ただ月の二十四日に生まれたというので、名を地蔵丸と呼んでいる、と言う。

聞いて僧は、この童はもしや、自分が年来値遇を願ってきた、地蔵菩薩の化身ではないかと驚き……。

よい話ではないか、と近頃この説話を思い出した。若い頃から幾度も読んできた話だが、そのつど、童の泣く声を聞いて地蔵菩薩の化身に出会うということに心を惹かれながら、名が地蔵丸だからとはあまりにも曲がなさすぎる、と打ち捨てたものと見える。今となってはなまじの曲折よりも、子供の泣く声が即、菩薩の出現としたところが尊いように思われた。しかし読んだ物についての私の記憶はあてにならない。

読み返せば、西の京の辺に住む僧とある。年来、この身ながら生身《しょうじん》の地蔵に値遇したてまつり、かならず引接《いんじょう》を蒙むらん、と願ってきた。これを聞いて人は、いかでか現身には生身の地蔵には値遇したてまつらむ、と嘲ける。それでも本意を遂げんものと僧は旅に出て諸国をめぐり、はるばると常陸の国に至り、日の暮れに賤《あやし》の家に宿を借る。家には年老いた女と、年の頃十五、六ばかりの童がいる。その童が人に呼ばれて表へ出て行ったかと思うと、やがて泣きながら帰ってくる。僧は嫗にこの童の身の上をたずねる。

そこまでは私の記憶もおおむねはずれていなかった。ところが、僧は地蔵丸という名を聞くやたちまち悟り、地蔵菩薩にてましますか、と童を伏し拝む、と思いこんでいたのは記憶違いだった。当の説話では、僧は嫗の話を聞くに心のうちに怪しくおぼえて、もしやこの童は地蔵菩薩の化身ではないか、菩薩の誓いは不可思議であり、凡夫の誰がこれを知るだろう、と思へども、とあり後へ続く。地蔵の化身ではないかと僧は思ったものの匆々《そうそう》には悟り難いことなので、いよいよ地蔵を念じて、夜もすがら寝ずにいるうちに、丑の時ばかりに霊験を見る。説話はこう来なくてはならない。丑の時ばかりに僧が物音に感じて見れば、童がそこに居て、われはあと三年、この家の主人に仕えて日々折檻の苦をこの身に受ける誓いであったが、いま貴僧の値遇を得たので、すぐにこの家を去ることにする、と告げるや外へ出て行ったともなく姿は掻き消される。嫗の姿もたちまち失せる。

その時になって僧は童がまさしく地蔵の化身であったことを悟り、声をあげて童と嫗を探し求めたが、ついに姿は見えなかった。夜が明けた後、里の人々に一部始終を泣く泣く話すと、里の人たちはこれを聞いて、涙を流して有難がらぬ者とてなかった、と説話はこうでなくては終わらない。

後段がまるまる私の記憶から飛んでいた。長年にわたり折りにつけて読みながら、半端に惹かれて、半端に留めていた。霊験の場面が落ちるとは、信心のない者としては、致し方のないところだ。常套の運びを読み飛ばすのも、近代の人間の悪癖と言える。信心の書については、常套をこそ読み込むべきなのだろう。

菩薩が往々にして無惨な者に化身すると思われていたことは、ほかの説話を読んで知らぬではなかった。酔っぱらって道端に寝そべっている経文もろくに読めぬ乞食坊主を大切な法事の講師に招くという話もある。それほどの化身の慈悲にすがらなくてはならぬ悪業の経緯があったようだ。里の人たちから菩薩の化身と拝まれて、困惑のあげくに、さてはそうなのか、と思いはじめた凡夫の話もある。さりとて、自分が菩薩であるとは仮にも思っていない。化身は菩薩のことであり、あるいは菩薩を求める里人の心のことであり、いずれ有難いめぐりあわせではあるが、我身のことではない、と割り切った様子に見える。

夜明けの小路を行くうちに、たまたま出会った念仏聖に名を聞かれて答えると、とりわけ変わった名でもないのに、いきなり礼拝《らいはい》された男の話もある。地蔵菩薩にあひたてまつれり、願はくはかならずわれを導きたまへ、と聖は涙を流して有難がる。男があわててたずねると、昨夜の夢に、明日の暁にこの小路で初めに遇う人を、かならずわれ地蔵と知るべし、とのお告げがあったと言う。聞いて男は心の内に、自分は悟りも成らぬ者だが、長年、地蔵を念じてきたので、この示験があったか、と得心して聖と別れる。自分を地蔵の化身とはつゆ思っていない。

それにひきかえて、あの地蔵丸なる童はまさに地蔵の化身であり、夜中に僧の前に現われて、僧のこの家にたどりつくのを牛飼いに身をやつして待っていたようなことを告げて掻き消されたところでは、正身でもある。ところで僧は、どこで菩薩の存在に触れたのか。日の暮れに泣きながら帰って来る童の声を耳にした、その時ではなかったか。名を知った時には、さてはと怪しみを深めた。夜中に霊験を見た時には、やはり菩薩であった、と遅れて悟った。

その前に、泣きながら家に入ってきた童の顔をしげしげと見たようには書かれていない。泣き顔を見せぬよう童は裏へ隠れたか。僧がその家に着いた時、童は家の内にいたはずなのに、僧の目が童の顔に惹かれたようでもない。もとより、説話には無用の記述である。

そこから先は、私自身のことになるのだろう。読んだ物についての後の記憶はあてにならぬとは言うものの、長年にわたり読み返していながらどうして、日の暮れに童の泣く声に僧はすでに菩薩の出現を見た、と思いこんでいたのか。この老年に至って、信心のない身にもなにか救われそうな話ではないか、と感歎させられたのも、子供の泣き声の内に霊験はすでに満了したような思いこみからだった。表に子供の泣く声を耳に留めたのが取りもなおさず宿願の成就となった、声なのだ、声がすべてであった、と得心の行った気がしたものだ。人間の苦をなりかわって身に受けるのが菩薩の慈悲だとすれば、かなしみのきわみから一身を超えたようにあがる子供の泣き声こそ、菩薩の正身のあらわれではないのか。そんな子供の泣き声を、私自身、そう思った時にどこか遠くに聞いていたようだった。

しかし思い出そうとすれば、さてこの声という記憶もない。私も人の親であり、孫たちもある身なので、幼い者の泣き声はさまざまに知っている。泣きつのるうちに声が、まさに一身を超えたような境に入ることはある。天へ向けて、ただ生きてあることのかなしみを訴えているようにも聞こえる。赤児の泣くのにも通じる。聞いていると、母胎から離れるということは、どんなによるべないことか、と思わされる。

ひとりで泣いているので、どうしたのとたずねると、なんだか知らないけれどかなしくて泣いているのと答えて、さらに声を放つこともある。私もまた幼い頃に、表で仲間と遊び惚《ほう》けた末に、日の暮れ方にひとりで家へ帰る道々、心細いわけでもないのに、声を立てて泣きたくなることがあった。こらえているとどこかの家で赤ん坊の泣き声が聞こえる。あちこちの家から赤児の声が夕暮れの路上まで匂うように伝わってきた時代のことだ。

大人たちこそ日の暮れの路を往くうちに、仔細らしい顔をしながら、じつは小児の泣き声を、声にはならぬまま、本人は知らずに、てんでに洩らしているのではないか、と高年になって思うことがあった。年を取り、内と外との、我と人との、区別《けじめ》が厚くなるほどに、泣き声はひとりでに高くなるのではないかと。そう考えると、一瞬の間、泣き声の往き交う光景が見えかかる。もしも菩薩のごとき目から眺めたら、無惨にもあわれな光景のはずだ。やがて死ぬ身だということばかりは人のいくら考えても考え抜けることではない。生死を知らぬつもりで成り行きまかせに暮らしていても、人の思案はつねにそこで尽きる。心の底から途方に暮れきって、どうせ苦しんだあげくに死ぬのなら、いっそ生まれて来なければよかった、と悔まれる時、声をあげて泣くよりほかにない。かなしみが意識を素通りして、人の耳にも留まらず、天へあがることもあるだろう。

夜半の寝床に就いて眠るばかりになった頃に、表のどこかで赤児のしきりに泣く声を聞くことがある。あまりにもせつなげに訴えるのでいまどき捨て子かと怪しめば、猫の恋のこともあるが、たいていは老いの空耳である。暗がりに目を瞠れば声は止む。安心してまどろみかかればまた聞こえる。声の立つ方角がそのつど違う。天から降るようでもあり地から湧くようでもある。空耳と知りながら、母胎から離れた命のよるべなさをまた思っている。そのまた一方では、我身の命の尽きる時には、赤児の声がくっきりと立って、ひとりの声なのに、四方八方にわたってあがり、最後のなぐさめになるのではないか、とたのむ心もわずかに動く。

しかし地蔵丸なる童のことをある夜ふっと思い出して、幼い者の泣き声がすでに菩薩の出現であったとは、ただ読むだけの身にとっても助かりそうな話ではないか、と記憶違いのままに感に入りながら、どこか遠くであがるのを聞いていたのは、赤児の泣き声ではなかった。貧屋に居た童は年の頃十五、六とあるが、これは人間の目に映った地蔵の姿をあらわす時の常套でもあるようで、私の聞いたと思ったのはそれよりはよほど幼い声だった。いつどこで耳にした声かと怪しませるほどに、つかのま、くっきりと立った。しかし記憶を探っても、これと呼び交わすものもない。

あるいは幼い自分の、幼かった頃の子供たちの、まだ幼い孫たちの、さらにはこれまでつい耳をやったさまざまな幼い者たちの、泣き叫んだあげくに恍惚と唄いあげるようになった声が、私の身体の底に埋め込まれてひとつに融け合ったあげくに、たったひとりの、誰ともつかぬ声となって表から聞こえてきたのか。過去の声とは限らず、現在の声かも知れず、あるいは未来の声かも知れない。無数の大人たちの声にならぬ泣き声もそこにふくまれるとしたら、まさに衆生の泣き声であり、衆生の泣き声が天に昇る時、菩薩は現われなくてはならない。それが菩薩の誓願ではないか。ということは、菩薩は日夜、とりわけ夜半から夜明けにかけて、あらわれていることになる。

　しかしこれだけは記憶に間違いはないはずだが、空襲の恐怖の下《もと》にあって、七歳の小児であった私はけっして泣きも叫びもしなかった。気の強い子であったわけでない。頭上から敵弾の落ちかかる間、目をつぶり息を詰め、刻々と切迫を耳に受けている身には、泣き叫ぶ閑もあったものではない。炎上のけはいをふくんで流れる煙の中を走る時にも、泣くだけの息の余りもない。大人にせよ子供にせよ、誰かが泣き叫んだら最後、あたりはたちまち地獄となる。

　畑の脇に掘られた防空壕の中に十人ほどでうずくまっていたこともあり、子供たちもいたが、頭上から空気を裂いて敵弾の迫る時にも、子供たちの誰も、誰ひとりとして、声を立てなかった。

　今年も春がおくれて、四月も末にかかってから、鶯がしきりに鳴く。晴れた日にもどんよりと曇った日にも、朝から日の暮れまで、同じ一羽か、棲《と》まりをすこしずつ移しながら、鳴くのをやめない。新緑の萌える中から立つと、けっしてかすかな声ではないのに、遠い距離をはらんで聞こえる。呼んでいる。

今年は時鳥《ほととぎす》が来て鳴く、と今では都心までの通勤圏に入る旧城下町に住まう知人が同じ時期に話した。去年の大震災の影響だろうか、と首をかしげていた。人間には感知できない天地の発信に鳥は反応すると言われるが、因果のほどはわからない。それにしても、都心へ通う身でもって朝な夕な、あるいは夜半にも、時鳥の鳴き出すのを聞くのは、どんな心地のものだろう。一瞬、鳥が狂ったか、この耳が狂ったか、と驚きはしないか。

もう二十五年ほども昔のことになるか、私も時鳥の声をわざわざ聞きに梅雨時の山に登ったことがある。行って見れば雨の中、満山、鶯たちの声ばかりだった。その鶯の声がふっと、雨が小止みになるように、一斉に静まる時がある。そしてしばし間を置いて、時鳥らしき声が立ちあがる、と聞こえたのはやはり鶯の声だった。また満山鳴きしきる。そんなことを繰り返されて、一時間あまりも聞き耳を立てていた末にくたびれ、あまり耳を澄ましていると聞こえるものも聞こえなくなるようで、聞こえないはずのものが聞こえてくるようで、いささか気味も悪くなり、山中の宿へひきあげた。

その夜も気にかかり、幾度か宿の窓を開けて耳をやったが、山に覆いかぶさる雨の音の中から、鳥の鳴き出すけはいもない。ところが翌朝、食堂に降りていると、宿から見て山ではなく里の方角で、鶯が鳴き出したかと思うと、異な声で鳴き続けて、時鳥と知れた。一度鳴き出すと、間を置いていつまでも鳴く。なるほど、鶯を里親とたのんで育って、実の親を知らぬだけに、里親のとおりに鳴こうとしては、初めの半声ほどはよいが、すぐに吃って調子もはずれ、やぶれかぶれに狂って鳴きつのったあげくに、かなしげになる。その声をあらわす擬音語はテッペンカケタカをはじめとしてさまざまあるようだが、その中で私の耳には、ホッチョカケタカがもっとも適《かな》うように聞こえた。包丁掛けたか、と肉親を手に掛けて鳥に変身させられた者の、悔恨の叫びと聞いた古人たちがいた。

古来からシデノタヲサ、死出の田長か、そう呼ばれていたそうで、冥界との間を往来する鳥と考えられていたらしい。しかも田植の時を告げるという。それにしても刃物とは、刃傷とは、もっとまっすぐに耳へ突き入り、平生の聴覚の底に何代にもわたって埋め込まれた記憶を掻き起したのではないか。血を吐くような、とこれも古来から形容されて、取り返しのつかぬ過誤をはてしもなげに歎きつのるような境に入る声ではあるが、いきなりあがる鳴き出しの声のうちにすでに残酷な運命を、聞く者に感じさせるところがある、と耳をやりながら思った。

山から帰って梅雨時の間、深夜にときおり、表に時鳥の声を聞くことになった。空耳に決まっている。鳴き出しのけはいを感じたように思ったまでのことだ。風が吹いたか、ちょっとした不始末のせいだか、何かのはずみに蝶番《ちょうつがい》のような金物の擦《こす》れて軋む音のようだった。あるいは人体には感じられぬほどの地震が頻発していたのかもしれない。気に病むほどのこともなかったが、その後で次の鳴き出しを待つかのように、しばし耳を徒《いたずら》に澄ますので、寝つきには少々障《さわ》った。

深夜に邸の内で鳥が鳴き出すという西洋の怪談を思い出した。当主の死を告げる凶兆《しるし》だという。あるいは城の深夜に鳥が鳴き出すと、何代も前に非業の死を遂げた婦人が、一族の先祖たちの肖像画の壁に並ぶ広間を、盛装の姿で徘徊しはじめるという話もあった。白昼に小鳥たちも囀らなくなるかわりに、夜には怪しい鳥どもが棟ごとに叫ぶであろう、という亡国の呪いの預言もあった。しかし自分にはそんな因縁も、それほどの悪業もないようであり、かりにあっても生涯知らずに済むだろう。いずれにせよ、今の世の集合住宅の仕切りの内には夜の鳥も鳴きようがない、と有難いように思って眠りに就く。

年初からむごたらしい殺人事件の続いた年だった。ドラム罐にコンクリート詰めにして海に沈める。大雨の夜の橋の上に停めた車の中で女を絞め殺して増水の川へ投げ込む。奥まった里の、ある屋敷に集まった親族たちを、やはり一族の男が押しかけて斧だか鉈だかで皆殺しにする。春も冷えこんだまま梅雨時に入り、ある夜、山中を思わせる雨が降りしきり、遠くで時鳥の声の立ちそうな雨脚だと耳をやって眠ると、翌日は晴れてその白昼に下町の路上で母親と幼い子が、包丁を振りまわす男の手に掛かった。それと前後はどうだったか、やはり雨の繁華街の早朝に、男が刃物を揮って通りかかりの者を殺傷に及んだあげくに追いつめられ、閉じた店の軒下に入って腹に刃物を突き立てた。同じ頃にまた僻村の、鎌による殺傷が伝えられた。

そして長い梅雨だった。しかも春から冷えこみを持ち越した。世の中も不景気で冷えこんでいると伝えられた。循環の不況ではなくて、いまや構造の不況だと言われた。往来する人の顔がにわか剝き出しになったように見えた。夜明け前の始発電車の中で年寄りが肩掛けの道具箱から、大ぶりの鑢《やすり》やら鑿《のみ》やらをかわるがわる取り出しては、こんな時刻にどんな仕事へ行くのやら、鋭い目つきで点検しているのを見かけた。同じ電車に途中の閑散とした駅から五十がらみの、きちんとした背広を着こんだ男が早足で乗りこんできて、空席に腰をおろすや、提げた紙袋から酒の一合カップを取り出してあおり、たちまち呑みほすと今度は折詰めらしいものを出して包み紙をひきちぎり、市販のものかと思ったら、家族の手と見える綺麗にこしらえた弁当をつつきちらし、そそくさと、物の味も構わぬふうにこれもたちまち平らげ、屑を紙袋の中へ放りこみ、あとは所在なさそうに、貧乏揺すりでもしそうに、電車の進行方向へ目をやっていた。

どちらも傍若無人というような粗暴さは感じられない。ただ周囲から切り離されていた。どこから来てどこへ行くのか、自身の前後からもしばし落ちこぼれたままになっているかに見えた。その感想を後日知人に洩らすと、それは戦後三十六年にもなるからな、揃って押せ押せで来たのが、ようやくそれぞれ孤立の時期に入っているようで、預け放しにしておいた自分をいまさら投げ返されても始末に負えないだろう、とりわけ時間がふいに淀む時があぶない、うっかりするとどこへ逸れていくか知れない気になってくる、という答えが返ってきた。近頃、ごく勤勉な男がいつものように朝家を出たきり行方知れずになり、三日とか五日とかしてふらりと自宅の戸口に立ったのに聞いても、電車の中でふいに気が遠いようになったのまでは覚えているが、後の記憶が一切なく、面相も削げて、打ち身の傷もあるので、なにかおそろしいことをしてきたのではないかと家の者は不安になり、近日の新聞をまたひそかにめくり返す、とそんなことがあると言う。

聞いて私は、電車の中で気が遠くなったということだが、通勤時の混雑ではなくて、仕事が長びいて帰りが遅くなり、電車がだいぶ遠くまで来て車内がやや閑散となった頃、うとうとしていたのが急に目を瞠って、鳥の呼ぶ声を聞いたかと怪しむ、とそんなこともありはしないか、と考えた。車輛の軋む音にも鳥の声はひそむ。それがもしも時鳥の、詰屈のあげくの鳴き出しに似ていたとしたら、その鳥のことを知っていても知らなくても、一瞬の叫びのまだ谺《こだま》するように空閑となった頭に、自分がどこの誰であるか、どこから来てどこへ往くところか、たどれなくなる。気が振れるとは狂乱に先立ってまず、自分がどこの誰であるか、ここがどこか、いまはいつか、思い出せなくなることではないのか。あるいはその忘失と同時に、自分の知らぬ、知るはずもない、一身を超えた因縁を思い出しかかり、それに惹かれて、存在が遠くまで振れる。

我身にばかりかかわることでもないらしい警告めいた鳥の叫びを、あり得ぬところで聞いた、と人に告げようとして迷い歩いても、そうだったのか、と聞いて驚きそうな顔もない。

——道になきつと人にかたらむ

何日かして、古歌の下の句だけが頭に浮かんだ。私の常として、親しんだ歌でもそらで思い出そうとすると、そんな時に限って、上五句がどうしても出て来ない。上五句に導かれないもので、上の句が滞る。時鳥を咏んだ歌とはわかったが、山道か野の道で声を聞いて里の人に知らせたいと急ぐ心だったか、とぐらいに受け止めて、本にあたるのも面倒でそのままにした。また何日かした夜に、黒く垂れる雨雲の下にうねりを打って流れる黒い水がしきりに念頭に寄せて、雨の降りしきる夜ではあるが高台に住む身でどうしてそんなものを見るのかと怪しんでいると、

——かのかたにはやこぎよせよ郭公《ほととぎす》

上の句がすんなりと通り、渡しの舟の上のことだったと腑に落ちた。それにしても、舟の道で時鳥の声を聞いたことを、向こう岸の人に語りたいともどかしがる風狂の心と、それまでは取っていたのが、今では鳥の声が切迫して、その声のふくむ凶兆を一刻も早く、まだ知らぬ人に報ら

せたいとあせる心に聞こえた。

あるいは、流れが急で舟を出すこともならず、雲の中の鳥に向かって、早く川を渡って里の人に告げろと呼びかけている、と取れないでもないとも思った。

七月のなかばに梅雨が明けて猛暑となり、春からいつまでも冷えこみがちの天気に苦しんでいた老父が正午頃の炎天下に倒れ、脳梗塞と診断されて、十年前に母親の亡くなった病院に運ばれ、やがて寝たきりになった。その病室に私も泊りこむことがあり、病人のベッドの下に敷いた低い寝台で小瓶のウィスキーを口にふくんでは眠りを継ごうとしたが、半時間と置かずに病人に呼び起こされて閉口するうちに、夜半をだいぶ過ぎた頃にまた起こされて見ると、父親は忿怒の形相をしていて、瘦せこけたからだにしてはひどくいかめしく見える右手を伸べ、病室の白壁の、人の頭ほどの高さのところをきっと指差した。

枕元に掛かった刀を取れ、とやがて言った。


眠りに逃げられるたびに、小さな子の泣く声を耳にした。二十年あまりも昔、まだ五十代なかばの、入院中のことになる。夜もすがら泣き声に苦しめられた、と後からは思われるが、そんなことはないはずだ。どこかの室の病人を見舞いに来た家族の連れた子の、昼間ははしゃいで廊下を走りまわっていたのが、夜になりむずかり泣く声だった。談話室から廊下を折れて伝わってくる。消灯の九時を過ぎても止まない。まどろみかけては眠りを破られ、枕元の時計を見て十時をまわっていることを知った時には、今夜は病棟の廊下に看護婦たちの走る足音も、台車の鳴る音も、心電図の音も立たず、切迫したような様子もないのに、病院のこんな時刻まで見舞いの客が居つづけて、睡たくなった子供を泣かせておくとはどうしたことかと眉をひそめたが、夜半前にはひきあげたようだった。

入院患者たちは夜の九時に床に就かされ、こんな早い時刻に眠れるものかと思いながらも、所在なさがきわまって眠る、というよりも、眠りの浅瀬をそろそろと渡るうちに、ちょっとした物音に目が開いて、それでもだいぶ眠ったかと時計を見れば、まだ十時半とか十一時とかにしかならない。この時ほど夜の長さを思うことはない。せめて夜半をまわって二時や三時になっていれば、もうしばらくの辛抱で夜も明けると思えるのに。それからは夜じゅう、寝てるんだか覚めてるんだか、耳ばかりになって暗い野っ原に放り出されているような気がして、と苦笑していた患者もあった。

聞いて私も苦笑させられた。私こそ頸椎の手術を受けてから半月ほども、四六時中、仰向けのままの安静を強いられたその上に、後頭部から前へまわして顎まで硬い器具でがっしりと締めつけられていたので、病室の窓はおろか戸口も目に入らず、白い天井を眺めるばかりで、夜にはとりわけ、耳ばかりになっていた。それが一週間も続けば病室の外の様子も、手術の前日まで不自由な脚で日に幾度も談話室に通っていたのに、その談話室のありかも自分の病室の位置もとっさに思い出せないようになったが、それでも部屋の外をおおよそにも目に浮かべられていたのは、人の声や足音へ耳をやって見当をかろうじて保っていたものらしい。立って歩けるようになってから十日ほどした今でも、夜の床で眠りが落ちるたびに、耳ばかりの感覚になる。

しかし幾度目かに寝覚めして、子供の泣き声がもう疲れはててか、むずかるよりも、ただ哀しげに細くあがるのを耳にするうちに、その耳から病室の外へ思い浮かべていたのが、この十何階か建ての病院ではなかったことに、だんだんに気がついた。数えればちょうど三十八年も昔、十五の歳の同じ春先の、溝《どぶ》の臭いを立てる川の岸に近く、町工場の並ぶ界隈にある、木造二階の病院だった。

晩に虫垂炎の痛みに呻きながら蒲団袋と一緒にその病院に運びこまれて、その足で手術室に入った。手術の後は担架に載せられて階段をあがり、踊り場でぐるりとまわされて、二階の病室に寝かされた。点滴というものもまだなくて、まるいガラスの容器の先に針のついたリンゲル注射を太腿に打たれた。暖房もないので湯タンポを足もとに入れる、そんな時代のことだった。抗生物質もまだ未発達で、寝たきり一週間もした頃、手遅れだった虫垂炎から腹膜炎を併発して、腹が硬く張って腸の内をガスの動くたびに重く疼き、日の暮れから夜を通して二十四時間あまりも刻々と呻いては疲れはてて眠り、覚めては呻きしたその末に、避けられない再手術だが生命は保証しかねる旨を医者から聞かされた親から因果をふくめられ、死んでもいいから早くやってくれと答えて、階段をまた担架で運び降ろされ、大量の膿を腸壁から抜き取られた。

手術の前の生殺しのような夜には、わずかにまどろむその夢に、自身の影が苦悶をほどかれて立ちあがり、ひとりで病院を出て家へ向かう。大通りをぽくぽくと歩いて、道が大きく左へまがってゆるい坂にかかり、その右手から家へすぐの路へあがる小さな石段を見あげては、この段を登れるかしらとあやぶむところで腹の疼きがまた始まる。いくらくりかえし道をたどっても、家までは着けずにいた。それでも道の両側の風景は夜目にもくっきり見えたものなのに、再手術の後で意識も朦朧としたままた担架で病室へ運びあげられ、一段と丁寧にくるまれて寝かされてから、半月ほど後にようやく立って歩けるようになるまで、病室のすぐ外の様子も、さむざむとした手術室と、踏み板の軋む階段のほかは、どこになにがあるかも知らなかった。

再手術から何日かして、疼きはおさまっていたが腹の張りが引ききらず、三十八度あまりの熱を出していた夜更けに、廊下にスリッパの足音がしきりに走る。寝覚めしては耳をやるうちに、もう夜半と思われるが、どこかの病室から重いものを運び出すけはいがする。息をこらし足音をひそめて私の病室の前を通り、階段にかかって、踏み板を軋ませ、踊り場でぐるりとまわされて、担架の降ろされていくのが、寝たきりの目にも見えた。あたりがすっかり静まった時になり、夜の更けかかる頃から低く間遠に続く呻きを夢うつつに耳にしていたことに気がついた。熱にうなされる自分の息と聞いていたらしい。

廊下を隔てて斜め向かいの病室で、その夜、私と同じく虫垂炎から腹膜炎にかかった人が亡くなったと後になり知らされた。画家の修業中の青年だった。もう手のつけられない状態から危篤に入っても意識は細いながらも保たれて、巴里に行くことを話していたという。それから幾夜か、私はしばしば、低く呻く声が廊下を渡っているように聞いて目を覚まし、静まり返った中へ耳をやった。腹膜に膿がまた溜まったようで、張った腹が疼いていた。三度目の手術に運び出される前には、巴里っていいところなんだってね、と譫言に口走っていたらしい。

日に三度、階段の踊り場まであがって来るらしく、拍子木を鳴らす。それを合図に廊下の両側の扉がつぎつぎに開いて、人が食膳を取りに階段を降りて行く。その拍子木の響き渡る音と、動き出す人の声や足音から、まだ寝たきりのままだったが、二階から階段にかけての様子が見えるようになっていた。容態がようやく快方へ向かい、粥や白身の煮魚も許されて、食事が待ち遠しくなった頃のことだ。三月も中旬に入り、暖い日もあれば冷えこむ日もあり、その寒暖によって、晴雨によって、拍子木の響きの違うのを聞き分けるほどに耳は聡《さと》くなっていた。廊下のはずれに洗い場があるようで、そこで人が水をつかいながら話をしているのを耳にして、廊下の奥行きも感じ取れた。

火のついたような声で子供の泣くのに眠りを破られたのは、夜半をもうまわる頃だったか。その夜の更けかかる頃に、病院のすぐ表が騒がしく、人のしきりに走りまわる音がして、なにやら太い声で怒鳴るようなのを、浅くなった眠りの中から耳にしたが、急な入院か、それとも、三業地も近くてときおり酔漢が表の路を喚きながら行くこともあるので喧嘩かと思いながらやがて眠ったようだった。子供の泣き声は耳をやるほどに高くなり、どこまで泣きつのるか知れないところまで行っては掠れて途切れがちになり、啜るようになって静まったかと思うと、しばらくして細い、いかにもよるべなさそうな声となって流れる。それが夜じゅう、こちらもその間にきれぎれに眠っていたようだが、くりかえされた。

翌日も朝から、昨夜ほどは激しくならず頻繁でもなかったが、子供の泣く声を聞いた。廊下を隔てて向かいあたりの病室の、よほど幼い子であるらしかった。夜になり、またひとしきり泣く声がよるべなげになりおさまるたびに、夜の静まりの底に、いましがたまで子供の泣く声を追って廊下のこちら側でも低く呻いていたような、聴覚《きこえ》の影が遺って、はてしもないものに感じられ、自身の内をあらためて探り、痛みの絶えていることがかえって夢かと疑われた。

また翌日になり、子供の泣くのもよほど間遠になった頃に、前々夜、この病院のすぐ近くの駅で母子三人の投身のあったことを知らされた。山手線のホームで母親が幼い子を両手に引いて電車に飛び込んだという。母親は即死だった。上の女の子は片脚切断の致命傷を負っていたが、この病院に運び込まれて氏名と住所と、五つという年をはっきり教えた。母親のもう片手につながれた下の男の子は、手が離れたか、間際になり母親がとっさに突き放したか、打撲だけで無事だった。

山手線の上に私鉄の高架線の終着駅があり、そこから階段を降りて長い連絡通路が山手線のホームへつながる。その私鉄の改札口のところまで来て母親は壁の前にしゃがみこんで泣き出すので、どうして泣いているのと女の子がたずねると、切符をなくしてしまってかなしくて泣いているのと答えた。そんなことまで女の子は息を引き取る直前には意識が澄むものなのか話したという。

母親は結核のかなり進んでいた身であったらしい。父親は思わしい職にも就けず、家は零落していたという。男の子は肩から首のあたりを打ったようで、三日もすると泣き声がそれほど激しくなくなったところでは痛みはほどなく引いたらしいが、首がわずかに右へ傾《かし》いだままになり、その矯正のために病院に留められた。子供の世話には、親族ではないが長年の縁があってそこの家で暮らしているという老女が病室に泊まりこんでいた。

こんなむごいことがあっても、子供は忘れて育つものですよ、とある日、廊下で老女の話すのを耳にした。幼い足音がして、子供はもう廊下を走りまわっているようだった。母親が胸をわずらっていたもので、以前から毎晩、わたしにくっついて寝てましたから、それには馴れていまして……もう片方からくっついていた女の子はいなくなってしまいましたけれど、と聞こえた。男の子は夜に幾度か思い出したように、半分眠った泣き声を洩らすだけになっていた。ときおり、よじれのないかなしみの声を細く、ひとりでのようにあげる。

立って歩けるようになってから老女を初めて見れば、昔はさぞや美人であったろうと少年の心にも思われるような、整った顔立ちをしていた。若い頃から人には話せぬ因果に苦しんで、思いつめて自殺をはかったところが、駅に入ってくる電車に飛び込むつもりがいつか走る電車と並んで、死物狂いに、まっすぐに駆けに駆けていた、という身上話も聞いた。

起き出して廊下をゆっくりと行きつ戻りつする私の姿を、ひと月も寝ている間に背丈がすらりと伸びた、と家の者は眺めた。言われて見れば足もとが遠いように感じられた。女の人みたい、とまた家の者は言う。生まれつきやわらかな髪が伸びに伸びて耳にかかり、襟首にまで垂れていたせいなのだろう。その上に、身体を冷やさぬように、ウサギのものだそうだが、古物の婦人用の毛皮の半コートを、浴衣の上から腰まで羽織っていた。顔も生白くなり、目方は四十キロを割るほどだった。死にそうに病んだ、その病みあがりに、まだ十五歳の少年には雌雄の別がしばらく薄れるのかもしれない。

立って見る病棟の様子は寝て耳から思い浮かべていたのと、見当にほぼ違いはなかったが、よほど狭かった。寝たきりの耳に、疼きと熱にうなされていた夜には、廊下は奥行きが深くて、人の足音が遠くまで往って、いっそう遠くから来るように聞こえて、時にはおそろしいほどにひろい古ぼけた屋敷の、端のほうに置かれた心地から寝覚めすることもあったが、今ではそろそろと亡者みたいに運ぶ足でも廊下の行きあたりの、非常口の扉まですぐに着いてしまう。

ある日、もうすっかり春めいた永い日の暮れ方に、寝床の上に起き直っていると、半開きの戸口に男の子がぽつんと立ち、まんまるの顔に首が傾いでいて、目が合うとにっこり笑うのでこちらも笑い返すと、ちょこちょこと部屋に入ってきてあちこちをいじくりまわした。

坊主頭のまるい顔なので、まるで首の傾いだお地蔵さんみたいだと思った。私の坐わる背後の窓からは無惨な事のあったその駅が間近に仰げる部屋だった。沈む日が高架線にかかったようで、戸口に立った子の頭も夕映えに撫でられていた。その夜も眠りの内からひとりでに洩れるような泣き声がしばらく聞こえた。

昔は大山参りの脇往還の傍の沼であったとか聞いた池に、黄菖蒲の花がちらほら咲き出した。いつまでも居残っていた鶯の声はさすがに間遠になり、キョキョと時鳥の鳴きじまいのような声ばかりが伝わり、やがて山へ帰ったようで絶えた。しかし初夏の陽気に何日か一度、晴れていた空がいつのまにか掻き曇り、白昼から暗いまでになり、頭上で雷鳴が轟いて、風とともに雨が走る。竜巻の被害の出た土地もあった。この季節に上空に寒気が押し出して乱気流を起こすという。言われてみれば、初夏の樹木の甘い匂いの漂うその中に、刃物を思わせる、冷たさがひそんでいるように、肌に感じられる。

池を渡るかすかな風に揺れる黄菖蒲の花を眺めるうちに、くっきりと咲き定まった花を見ているとのどかさのまた一方で、これまでか、という気がする、とたしかに自分自身の、どこかでひとりつぶやいた声が聞こえた。二十年も昔の、花もない病中の夜の、譫言に近いものであったらしい。あるいは戦時下の、頭上を低く幾波にも渡る爆撃機の編隊から、投下された弾が迫る瞬間、防空壕の底で目を固く瞑った小児の内に浮かんだ、庭の隅でかすかに揺れる草花が、五十男の病床の寝覚め際に、またひらいたか。

しかしあらためて黄菖蒲の花を眺めれば、咲き定まった花こそ、その新鮮さは一日のものにしても、今この時においてすでに永劫、反復の永劫にひとしく、眺めて人がこれまでかと観念したようにつぶやくのも、時間を追う身ながら、つかのま、その小さな永劫の淵へひきこまれかけたしるしではないのか、と思われてくる。

苦しみの果てに、ただ生きてあることのよるべなさを天へ訴えるようだったあの男の子の泣き声も、同じ永劫をひろげていたのではないか、と。

戦後四十七年も駅前商店街の地下五メートルの深さに人知れず埋もれていた不発の二五〇キロ爆弾が、新しくビルに建て替える工事現場から発見されるという事件が、五十なかばの私が退院してから二年近くして伝えられた。年末のある日、自衛隊が出動して、半径二五〇メートル内の住民六千人を退避させて処理にあたり、信管の利かなくなっているのを確めてクレーンで吊り出し、事なきを得た。昭和二十年の四月十五日か五月二十四日か、どちらの空襲の夜の着弾にしても、私の家から、私のうずくまっていた防空壕から、わずか二キロの地点だった。上空を飛ぶ爆撃機からすれば、さらにわずかな方向の振れか、あるいは爆弾投下の数秒の差になるのだろう。焼夷弾とははっきり迫力の違うその落下音を私も防空壕の底から聞いていたはずだ。頭上からまっすぐに落ちて来たのが、息を呑む瞬間、ふっと音がどこかへ吸いこまれて消える。

その夜、当の商店街の近隣の避難者たちは、誰もその着弾に気がつかなかったのだろうか。あたり一帯、すでに音を立てて燃えあがっていたのだろう。住民たちは大通りへ逃げて、おそらく着弾地の近くには人っ子ひとりいなかった。それに、そのあたりは私鉄の線路沿いの、強制疎開により家屋の軒並みに取り壊わされた跡であったようで、地面のやわらかな所に落ちた爆弾が、信管もはたらかず、もろに地中へ深くめりこんだと考えられる。焼夷弾をばらまいて大火災を起こせば片づく郊外の住宅地に、しかもその炎上中に、大きな爆弾を一発だけ落として行ったのも、南西へもうすこし飛んだ先の、工業地帯を狙ったのが、投下をわずかに早まった、その間違いだったに違いない。

それにしても、大通りへ逃がれた避難者たちの耳に、周辺の炎上の音がいくら盛んでも、路上には人の足音が波のように寄せていても、二五〇キロの爆弾の、空気を裂いて襲いかかる音は聞こえていなかったわけがない。着弾の地点からまだ一キロ足らずの範囲の内にいた人も多かっただろう。落下音に追われて駆け出した者もあっただろうが、いくら走っても、音は頭上へまっしぐらに来るように感じられる。大多数は立ちつくし、膝を折り、うずくまったと思われる。地面に平らたく伏せた者もいただろう。その落下の切迫が、二キロ離れた防空壕から聞いたと同じく、ふっと宙に消える。人はてんでに立ちあがり、すぐに歩き出す。背後の炎上に追われて、西のほうへ、火災のはずれと思われるほうへ、行く手にも火の手はあがっているのに、群れをなして急ぐ。

頭上から落ちかかる爆弾らしき音にうずくまりこんだ記憶は、立ちあがって足を急かせたとたんに、切り捨てられた。それとも、ほど遠からぬところに何か大きな重い物が落ちたと後になって思いながら、方角も距離も定められず、局処《どこ》につれて局時《いつ》も失われ、ただ耳の底にひそむ漠とした恐怖の影となって遺った。

それから十何年も経って、戦後も地元に留まって暮らす年配者たちがあの空襲の夜の、警報のサイレンの鳴り出す前と雰囲気の似た晩に寄り合って、あの夜どの道をどう走ってどこへ逃げたか、また繰り返すうちに、頭上から迫った音ではなくて、それがぱったりと絶えた瞬間の、地の底へひきこまれそうな静まりをそれぞれひそかに思い出していると、あの夜たしかに、大きな物がこの界隈に落ちた、と家の年寄りが近頃しきりに言うんだ、と一人が洩らして首をかしげ、その噂は俺もだいぶ前に小耳にはさんだ気がする、ともう一人が受けてあたりを寒そうに見まわし、しばらく座に沈黙のはさまった後、しかしでかい爆弾がここらに落ちていたとしたら、俺たちは今、全員揃って、ここでこうしているか、と誰かが取りなして、一同、不発という言葉を喉元から呑みこんだ、とそんなこともあったかもしれない。

同じ夜のことと思われるが、周辺よりも遅れて被弾を見た私たち母子三人が煙の中を走って大通りへ抜けた時に、すでに道幅一杯にひろがってひたすら西のほうへ落ちる避難者の群れの中には、あの界隈から逃げて来た人たちも大勢まじっていたはずである。やがて上空の敵機の爆音も静まり、どこからともなく夜が白みかけ、避難者たちの足取りもゆるんで、ただ高台のほうで家々の炎上する、火柱を高くあげて棟の崩れ落ちる、その音だけがわたる中に、いまさら子供の泣く声が立った。恐怖と狂奔の末に、安堵のように、天へ長くあがる泣き声が。偽記憶のようだった。子供たちは怯えと疲れに押し黙っていた。しかし聞いた覚えもないと思われる声が、記憶の底からかすかに昇ってくる。

今は昔も昔、あの首の傾いだ地蔵さんみたいな男の子も母親の道づれとなった女の子も、まだ母親の胎内に兆《きざ》してもいなかった頃のことだ、とそうつぶやき捨てて年月の重苦しさを払い退けようとしてからようやく、あの一家の住んでいたのがまさに、不発弾の埋もれていた界隈だった、と気がついたことだった。

不発弾が掘り出されてからでも二十年も経って、老年に至った今でも、ときたま思い出しては、その符合をまるで奇遇でもあるかのように不思議がる。

十五の歳にあの溝川の岸の病院の二階で呻いていた頃には、私の家はその私鉄の沿線から戦後八年も離れていたが、それから三年もして同じ沿線の、あの男の子の住んでいたところよりも、私たちの焼け出されたところよりも、もうすこし先の土地へ追われて舞いもどることになり、それからおよそ六年、私は親の家から独立するまで朝夕、その私電に乗って、不発弾の埋もれていたところを掠め、高架線の終着駅から山手線に乗り換えて大学に通っていた。階段を降りて敗戦直後のガード下の臭いのまだ残るような連絡通路を抜ける間に、あの病院の夜に立った子供の泣き声を、発着する電車の音の間から、瞬時、空耳に聞くことがあったようだ。

高架線の駅にはふたつの改札口が並んであり、ひとつは狭い階段を三、四階降りて街へ直接出る道になり、もうひとつは連絡通路へ入る。あの母親がしゃがみこんで泣き出したのは、切符をなくしてかなしくてと言ったそうだが、改札口の手前ではなくて、連絡通路でもなく、もうひとつの小さな改札口を出たところの、いつもひと気のすくない狭い空間の、壁ぎわではなかったか、と何となく思った。改札口のあたりを見渡して連絡通路へかかってから、背後へそう思った。それも一度きりに思ったことでなく、すこしずつ何度にも分けて、あるいは何年にもわたって、目に浮かぶまでになったらしい。

母親は壁ぎわにしゃがみこんで泣き出した時にはまだ、ただもう途方に暮れきっていた、とやがて思った。泣くだけ泣けば心が空になり、子たちの手を引いて長い階段を降り、夜更けの街をあてどもなくさまよった末に、気を取り留めて、先の望みもない日々の苦にもどっていたかもしれない。しかし女の子におずおずと顔をのぞきこまれて、どうして泣いているのとたずねられた時、子たちへの不憫さのあまり、母親の心は一度に振れた。

切符をなくしてかなしくて、という言葉を女の子は、いましがた切符を出して改札口を通り抜けたのを見ているので、まだ分別の外ながら、引き返しのきかぬ声と聞いた。立ちあがると母親の面相は一変していた。

最短区間の切符を買いなおして連絡通路をまっすぐに行く母親の、周囲からきっぱりと切り離された後姿が見える。女の子はその脇に、力を貸すようにひたりと寄り添って、乱れもない足を運んでいる。母親の鬼気は吸いこまれるままになったか。もう片側に男の子は手を引かれて、遅れがちの短い足をちょこちょこと送っている。ときどき、脇見をしている。

人は追いつめられて、姿ばかりになることがある、外からそう見えるだけでなく、内からしてそうなるようだ、と二十歳ばかりの男がそんなことを思ったものだ。若年の間にいっとき挿《はさ》まる、老いのような境からだったか。

あるいはすべて、子供の泣き声から、見えたことだったか。母親のことも知らず、姉のことも知らず、ただよるべなさから天へ向かってあがる子供の泣き声こそ、とりもなおさず、地蔵の出現にひとしいのではないか、と老年に至った今では思う。

明日の空

梅雨時の夜の更けかかる頃に、同年の旧友と待ち合わせた酒場へだいぶ遅れて急ぐ途中、表通りから裏路へ入って三つ目の角を見込むあたりで、蒼い靄のまつわりつく街灯の下に立ちつくす半白の男がいる。近づけばその友人で、やがて私の顔を認めて目を瞠ったなり、妙にゆっくりと手招きして、地獄に仏とはこのことだ、と取りとめもなく笑い出した。

また何の冗談だとたずねると、道に迷ったと言う。知った足にまかせて歩くうち路の雰囲気がどうも違うようなので、さては角をひとつはずしたかと見当をつけなおして、しばらく行くと見覚えももどったようで、ようやく店までまっすぐのところまで来たかと思ったら、初めの角にいる、三度まわって三度同じところに出た時には小便洩らしそうになった、ワタシハイマ、ドコデスカと泣き出さんばかりだった、と笑いつづけた。

あんた、もう何年、あの店に通っているんだ、と呆れて顔をあらためて見れば、手放しに笑いながらも憔悴の影がある。そうなんだよ、いくら酔眼朦朧でも千鳥足でも、まっすぐにたどりつけなかったためしはなかったのに、といまさら狐につままれた目つきであたりを見まわす。酔い方が足りなかったのだろう、と私は取りなした。言われて見れば素面《しらふ》で来たことは滅多になかったからな、と友人は答えて歩き出したが、すぐに折れるべき角を通り越しかけるので、おいおい、それが間違いのもとだよと呼び止めると、振り向いてその角をしげしげと眺め、ふむ、ここで間違えたか、しかしよくよく見馴れた角だ、来るたびに、これから先幾度ここを通るのかと溜息をついたものな、とこれきり来ることもなくなる道を振り返るようにしていた。

なまじ知った道こそとかく迷う、年の疲れのせいだ、と話はそこに落着いた。

その夜は長い酒となった。生まれついて愚図なのが、三十歳にかかる頃にこれではならじと思い知らされる事があって、以来また三十年、俺としては気を張って、詰めてやって来たつもりだが、通して見ればやっぱり愚図だったか、と友人は苦味もない声で洩らした。この秋に停年を迎えるところだった。そんな節目もない私のひとり稼業を不思議がるようで、日々の暮らしをたずねるので、陽の高くなってから起き出して夜半をだいぶまわった頃に寝床に就くまでのことを話すと、毎日が毎日、そうなのかとまたたずねて、二日酔いか病気か旅行か、吉凶の事でもないかぎり、毎日そうだ、三十年近くそうだと答えると、俺には出来るかな、いや、いくら人の間にあってのべつ振りまわされていても、根はさほど変わりもしないと言う。近頃とみに、たとえば通りがかりに夕暮れの店の内をのぞきこんで、年寄りが十年一日のごとく立ち働いているのを目にすると、なにがなし感歎させられて、考えてみれば俺も似たようなものだとは思うものの、手前に関しては一向に感歎の念も起らないな、あたり前の話だけれど、と笑った。

わたしは長年、学校と家と、その往き復りの道のほかには、何も知らずに来ました、とじつに朗らかな声で言うんだよ、とやがて目を剝いた。小学校の担任の教師のことだという。停年の際に有志が集まってねぎらったその席で、挨拶に立ってそう話した。戦時下のことに触れもしない。戦後には結核まで患ったはずなのに、生涯無事息災で来て世間に済まないというようなことまで言う。聞いていて、それまでの境遇はどうあれ、そう話せる今の心境がうらやましいような気がしたものだ、こちらはまだ四十の手前、明後日には外国へ飛ばなくてはならないという晩のことだった。今となっては俺のやってきたこともつまり似たり寄ったりとは思うけれど、あんな屈曲もなげな話し方はとてもできないな、未熟にして、とまた笑った。

ここのところかえって莫迦に忙しいが、夏に入ってお盆も過ぎたらだんだんに閑になっていくのだろうな、としばらくしてつぶやいた。しかしこの春先の頃から、つくづく見飽きたはずの勤め先の、周囲の光景が何かのはずみに目新らしく、それでいてとうの昔のことに映ることがあるな、と首をかしげる。四十代には周囲の人間たちの顔つきやら手つきやらの、それぞれの癖がちょっとしたことであらわになるのを見て、醜いと思うわけでもないのに、とかく目をそむける時期があったが、五十代に入ればさすがに自分自身の執拗な習癖こそ見えるようになるもので、お互いさまだとひそかに苦笑して、眉をひそめることも目をとがらすこともおいおいなくなったのは、自他に飽いた心がそのまま熟して、角が取れてまるくなったということか、と言う。

それが今ではそんな折り合いとも違って、人の眺めも物の眺めも気がつけばうっすらと、昔懐かしい雰囲気につつまれている。それでいて変にくっきりと見える。もう幾万遍も通ったか知れぬ、たとえば廊下の角にかかると、ひさしぶりに来た道を踏みしめる、感慨のありげな足取りになっている。

——季節の移り目の、咲いたとも知らずにいた花の匂いがどこからともなく漂ってきて、からだの内からもそれに応えて匂うような。春なら沈丁花、夏なら梔子《くちなし》、秋なら金木犀か。

人から目をそむけたり廊下の角でひとり溜息をついたりしたことがすまなかったように悔まれるほどのものだが、しかしそのまた一方では、いったん去るからには二度ともどって来ない、とそのたびにきっぱりと思う。おかしなことじゃないか。そう思わなくても、それきりここに用のなくなるにきまっている。退職した人の中には、半年ほどは何かにかこつけて職場に顔を出すのがあって、しばらくはまわりから懐かしがられるようなことを言われた末に、誰も目を向けなくなった中で、ひとりで半端な笑みを浮かべて立っている。それを見て、往生のできないものだ、と疎《うと》んだ。しかし、自分は二度とここにもどってくるまいとことさらに思うのはそんな拒絶ではなくて、いまさら嫌気でもない。さしあたりあてもないが、縁があれば同じような勤めをあと何年か続けることになるかもしれず、そうなったらそうで平常の心で通うことになるのだろうと思っている。

——周囲の光景が懐かしいように見えるのと、金輪際ここに来るまいと思うのとはどうやら、うらはら一体のことらしい。懐かしさというのは長年の馴れの、去り際にいま一度、穏やかに飽和したものなのだろうか……。

そこまで聞いて私は自分の記憶の内を探った。わずかに、敗戦の秋に疎開先に長いこと逗留させられた時のことが思い出された。つくつく法師も蜩も鳴き仕舞えて彼岸も過ぎた頃にようやく、東京に留まった父親から葉書が届いて、十月に入ったら迎えに行くとあったので、交通の便のあてにならない当時のことだったが、それからは待ち遠しさのあまり日が遅々として進まなくなった。それでも一日がやっとのことで過ぎたその暮れ方に表に出て見渡すと、これまではいつ帰れるのとすがる子供の目につれなく立ちはだかっていた山々がいまではやさしい姿に、あと何日待たされるのか確かなことはわかっていないのに、もう懐かしく眺められた。

——自分のいなくなった、自分のもう済んだその跡を、そこにまだいながら、見ているのだろうな。

友人はそう結んだ。帰心ということを思っていた私は、そこにいながらに見ていると言うけれど、その「そこ」とはつきつめれば、どこのことになるのだろう、とこだわって、去り際には魂が宙に迷うというようなことか、と受けようとすると、店の女主人が前に来て、表は大雨になってますよ、とおしえた。やっぱり雨の音だったか、時間が経つはずだ、と友人は顔をあげて細長い店の内を見渡した。表へは扉を閉ざして窓もなく、上には何階か積まれているのに、雨の音がもろに店をつつみこんでいた。時計を見れば夜半をとうにまわっていた。

こんな時刻に雨の中から前後して、傘をさしていても肩まで濡らした客たちが駆けこんで来て、少々の難儀に遭った浮き立ちから、大雨の様子を口々に話すので、店の内は一度に賑やかになった。雷も鳴り、私たちもその雰囲気に巻きこまれた。大舟の中で雨宿りしている心地だった。やがて、洪水に遭ったことのある客が、堤防の破れる音のことやら、闇の中で連打される半鐘のことやらを、ひしひしと話すのに一同耳を傾けるうちに、時間はまた造作なく経って、雨の音が静まった頃には夜明けのほうに近くなっていた。

二人して表に立った時には空が白んでいた。駅まで歩こうや、そろそろ始発の出る頃だろう、明け方のタクシーは嫌だ、と友人は先に立って表通りと平行してひとすじ裏の路に入り、どうだ、迷いもしないだろう、と振り返った。まだ雨もよいの上空に、私たちの行く手へ、鴉らしい黒い鳥が十羽ほど隊型を組んで、風に乗っているようで羽撃きもわずかに飛んでいく。見上げて友人は言った。

――季節はずれもいいところだけれど、この秋は何で年よる雲に鳥、あの句な。あの鳥は雁なんだろうな。しかしあの、何で年よるというのは、どうしてこんなに年を取るのだろうということか、それとも、何をして年を取ったものか、ということか。

どちらでも、構わないのではないか、と私は答えていた。かすかに降ってくる鴉の呼びかわす声もこれはこれで、聞きようによっては一心なものだと思った。

梅雨時の夜明けの空をまた眺めるようになった。いよいよ老年に深く入り、鬱屈の力も掠れたか、ときおりの寝覚めのほかにはめっきり疎くなっていた不眠癖が、この初夏の頃から理由らしきものもなしに、旧知がふらりと訪れたように、もどって来た。

長年の習慣が破れず、破るつもりもなく、夜半をだいぶまわった頃に寝床に就いて、仰山な欠伸をつき、やがてまどろんで、眠ったような、物を考えているような境にぐずつくうちに、目がひとりでにひらいて、一時間ばかり経ったかと思えば、窓の端から短い夜が白みかける。壮年の頃まではこんなふうに眠りに逃げられれば、悔いのようなものに苦しめられ、ひとりで憔悴して、この癖さえなければどんなに生きやすいことか、とあげくには恨んだものだが、今ではそれにも飽きて、あまり眠りが深くなるのを老体はおのずと避けるのだろう、などと考えてまた眠ってしまうこともあるが、睡気のさしあたり遠のいたのを感じれば、早寝早起きの年寄りが植木を見に行くように寝床を立って、庭もないので表のテラスに出る。

梅雨時の雨もよいの空は東の方からともなく早くに白みながら、刻々と明け放たれていくでもなく、いつまでも薄明のままに滞る。雲行きによってはときおり暗くなることもあり、明けながら暮れていくかに感じられる。木の葉の色も沈んで、鳥ばかりがしきりに叫ぶ。

明けながら暮れては暮れながら明けていく空を眺めていると、病みあがりの心になる。長い夜に今日も堪えて、病室の窓のわずかに白むのを待ってベッドから降り、明ける頃になり病人たちの眠りはようやく深くなるようで、左右の寝静まった廊下を忍び足で抜け、誰の邪魔にもならぬはずれまで来て東向きの窓に鼻づらを寄せ、存分に喘がんばかりに、早朝の空に眺めふける。幾度くりかえされたことか。季節は春先のことも新緑の頃のことも、秋も冬もあった。晴れた朝もあり、上空に浮かぶ横雲の腹が紫から赤に染まるのにおくれて、光芒が断続して押しあげるように昇り、やがて市街の背後から太陽がのぞくまで、いくらも間がかからぬはずなのに、病みあがりの眼には長く感じられた。

落日の端から端まで沈みきるまで見とどけようとすれば、わずか三分ほどの内に刻み込まれた永劫に負けて、そのかぎりで生涯をつくすと言われるが、夜の明けきるのをもどかしく待っていたのではない。眺めるほうの心も長くなっていた。その長い心に、やりどころもなかった苦痛のいましがた引いた跡のような、淡い恍惚感が差す。とりわけ、陽のいよいよ昇りかかる間際に、光芒が失せて、横雲がひときわ濃い赤紫に焼け、地上がいま一度暗いようになると、恍惚感もその色に染まり、いまがいつで、ここがどこか、思い出せぬようになる。あと何日かで家に帰っても、また何年かしたらどこかで、そっくり同じ心で夜明けの空を眺めることになる。これまでも病中にかぎらず、若い頃から幾度も、そっくり同じ心で息をついていたことがあったようだ。夜のようやく明けきる頃になって日のあらたまるのを拒んで命を絶ったという、見も知らぬ人のことを思いもした。

明けかけてまた暗くなった梅雨空の、思いのほか高いところを、垂れこめた雲を掠めて、鳥の飛ぶことがある。まっすぐに翔けて、遠くで烟る靄の中へ紛れると、やがて雨が降り出し、地を覆うようになり、その雨脚から夜があらためて白みかかる。

あの夜明けの梅雨空を往く鴉の群れに秋の雁を思った友人は、この梅雨入り前に亡くなった。私の不眠癖のもどってきたのはそれよりもよほど前になる。友人の通夜に参ったその晩は家に帰って夜半前に床に就くややすやすと眠り、寝覚めも知らず、陽の高くなってからもまだうつらうつらしていたその間も、昨夜はひさしぶりに遠くまで出向いて人とまじって少々の酒を呑んだ疲れを脚のけだるさに感じていたが、どこへ行ったのか、すぐには思い出せずにいた。寝すごしたことになり、葬式には欠礼した。

最後に見舞ったのはこの春の、花も散った頃になる。土曜日の午後だった。小一時間もして病室を立った私を友人は長い廊下からエレヴェーターの前まで送ってきて、箱の中へ入った私に、今度はほかで会うか、つぎの花の咲く頃には、間に合うだろう、と言って笑いかけたと思うと、扉の閉まる前に横を向いて、西日の射す方へまぶしそうな目をして歩き出した。間に合うだろう、間に合うだろう、と私はその言葉を受け止めかねて口の内に嚙みながら地階《した》まで降りて人の中へ吐き出された。

——昼日中に、日が停まったようになる時刻がある。昨日も今日も明日もなくなるほどのものだ。ちょうどいまあなたが顔を出した頃だ。

病室では友人はそんなことを話した。しかし考えてみれば、とまた言った。気が立ったみたいに忙しくしていた頃にも、期日に追いまくられてはいたけれど、昨日今日明日のなくなりそうになることでは、一緒だったな、極端と極端はとどのつまりひとつに落ち合うものかね、昔の人の言う無常迅速とは、時間は経たないということか、停まっていれば、それは速い、と笑っていた。

停年の秋からほどなく友人は引くところがあってまた勤めに出ていた。年に一、二度呼び出されて会うと、これでもまだ役には立つものだ、などとてれくさそうにした。無為無策も折りにかなえば功名になるものだということが、この年になってようやく呑みこめてきたようだから、遅蒔きもいいところだ、と自嘲していた。これまで場数は踏んでいるつもりでも、馴れないことにあたると、自分のではなくて、どこぞの見も知らぬ年寄りの心得を、あなたまかせに踏んでいるふうになるから妙だ、本人はじつは何もわからないままに人に仔細な指図をしたり、ここだけの話だけれど、と声をひそめた。

六十五歳を過ぎて仕事からすっかり引いて二年ほどした頃には、あなたの忠告のおかげでまずまず取り乱しもせずに隠居暮らしに落着いたよ、といきなり言う。知りもせずにどんな忠告がましいことをしたものか、私が思い出せずにいると、何でもまだ五十代のなかばに、仕事がなくなったら趣味やら奉仕やらにすぐに走らず、まずは一年、春夏秋冬ひとめぐり、ひとり眺めて無聊をきわめろ、と冗談紛れのことだろうがそうすすめたらしく、言われたとおりにこもりがちにしているうちに、気の振れそうなことはあるにはあったが、季節の移りがつくづく眺められるようになり、無聊にもいささか味が出てきて、為ることがなくても苦しまなくなったのを見定めたところで、ぼちぼち少々の事を始めたよ、無聊の色に染ってな、と言う。

雨もよいの夜明けの空を翔ける鳥を見ればさすがに、もう十五年も昔の梅雨空を渡る鳥を見あげていた友人のことが思い出されて、あの男ももういないのだ、と驚きがおもむろにひろがり、やがて曖昧になる。友人の病状がそんなにさしせまっているとも知らずにいた頃から、不眠の果ての短い眠りの覚め際の夢に、かならずと言ってよいほど、とうに亡くなった人が出てくる。肉親ではなくて、それなりに長かった知人たちだった。そのつど別人で、夢の端のほうにいる。見るほうも驚いたり訝ったりするでもなく、大体、故人となった人だとも気づかずにいる。ごく日常の情景だった。

友人の亡くなった後も、やや間遠になりながら同じような夢は見たが、友人の現われたためしはない。夢は相変わらず日常の雰囲気に落着いて、異な感情も喚び起さず、目の覚めきった後で、故人が出て来たのに、どうして過去の翳らしいものがすこしも落ちていなかったのか、と不思議がった。世の平均寿命まであと五年ばかりになれば、生前と存命との分き目がゆるみかかり、あるいは故人たちのことだけでなく自身の現在も、いまのところ夢の内のかぎりだが、いささか生前と感じられているのではないか、と思った。

不眠そのものも友人の亡くなった頃を境にして穏やかなようになった。短い眠りを継いで部屋の白む頃に目をひらけば、その目が充血もなく蒼く澄んでいるようで、ふわりと身を起して寝床から抜け出す。テラスに出した椅子に腰をおろして夜明けの空を眺めていると、むしろ長い、あまりにも長い眠りから覚めた後の虚脱感を覚えた。きれぎれにも深く眠っていたようだった。人は自分の眠りのことすら自分で知らない。

日を追って、十五年昔の酒場で友人の話したことがわずかずつ耳に返り、断片ながらやがて仔細な表白のようにつながった。しかしその間に受け答えしていたはずの自分のことが一向に思い出せない。生き残った者の記憶を占めるのが故人の特権か、そうなると自分も生きているかぎりは、人の記憶に遺ったことも知らずになるのか、と呆れるうちに、ある朝、友人にたずねる自分の声が聞こえてきた。

——何か大事なことを人に伝えようとして、自明なはずの言葉に詰まって、見当はずれでもないが、自分でも遠いように聞こえる言葉を口走っていることがあるけれど、あのいきなりな迷いは何だろうね。

——日常自明の言葉こそ、何かのはずみに、人には通じないように思われることがあるな。相手に困惑の目で見られそうな、ただ黙っていたましげにうなずかれそうな、そんな気がして。

——人の間にあって、ひとり瞬時の陥没か。前のめりに来たのが空足を踏んでつまずくのと一緒だな。

——徒労感もあるのだろうな。

夜半過ぎの驟雨の中から駆けこんで来た客たちの一人が、昔大水に遭った時のことを話しつつのるほどに、言葉が前後して詰まっては逸れ、あげくには話をまた継ごうとした顔つきのまま黙りこんで目を宙へ瞠るばかりになり、やがてふっと立ちあがって雨の音の止んだ中へ去った、その後の静まりの中でかわされた言葉だった。夜更けから二人の間にぽつりぽつりと続いて、大雨のざわめきと急な雨宿りの賑わいに中断されていたやりとりの、仕舞いの滴りのようだった。

それにしてもあの夜更けの酒場で、この自分が何をたずねて何を受けて答えたか、自身のことについて何を話したか、そうでなくては話は続くはずがないのに、立ち際の滴りのようなもののほかには思い出せない。友人の声は日を追って克明に聞こえて来るのに、聞いていた自分が見えない。

記憶の限りのことにしてもこの自身の不在はそのまま現在の、ここに居ながらの空白に通じるのではないか、と怪しむと、つれて友人の不在が、いなくなったことが、存在に劣らぬ質感を帯びて迫り、思わず走りかけた喘ぎをゆっくりと出し抜く。

梅雨の明ける前に不眠癖はなしくずしにやんだ。済《な》し崩しという言葉がこれにはおよそ不適切のようにも、不適切ながらに言い得ているようにも思われる。やんだともあるいは言えない。毎夜のように、何を考えるでもなく徒に痼《しこ》って睡気のつゆ差さぬ頭のまま、胸にかすかな動悸の乱れまで覚えながら、夜の白む頃になり、眠っていたことを知る。夜明けの空を眺めに立とうともしないいなと他人事に思ううちに眠りこみ、何時間も経ってしまう。しかしすっかり目覚めた後にも不眠の体感はのこり、終日、つきまとう。それでいて格別の疲労感も倦怠感もなく、その日に済ますべきことは済ましている。

　古家の雨戸にあいた節穴から夜明けの庭の薄い光が洩れて、障子の思いのほか高いところに青い染みがにじむ。それにつれて、まだ暗い部屋の内を通り越し、奥の壁からいかめしげな簞笥の角が浮かびあがる。そんなところに暮らしたことは五十年このかた、絶えて無い。すぐ表の木立ちで鳥が鳴き出したかと思うと、晴れた日には賑やかな囀りあいになり、その声から家の内が明け放たれる。雨の日には雨の日の鳴き声がある。しかし近年新型のサッシに改まったこの住まいの窓からは、すぐ外に樹が繁っていても、鳥の声はおろか、雨の降る音も入らない。

　眠っている家の者たちを起こさぬようにそっと蒲団から抜けて蚊帳の裾をくぐり、雨戸を端の一枚だけ、加減を心得て音の立たぬように繰れば、表は雲に覆われて、遠くにひろがる草原の、長い穂が風になびいて、原一面がかわるがわるうねりを打ち、穂先に点じた夜明けを先へ先へと送り越す。そんな田園に育ってもいないのに、それに類した光景が、朝寝を眠り返す間際に、目の内を通り過ぎる。時には、明けていく天井の、木目や鼠の尿《いばり》の跡と言われた染みが、まだ蚊帳も釣らぬ長雨の頃になるか、くっきりと見えることがあり、やがて人面を剝き出す。それでも眠りこむ。

夜の眠り際に寝間の内がなだれる、すこしも動かぬままに走る、ということが子供の頃にはあった。襖を隔てて親たちの話す声を聞くともなく耳にするうちに、それが起こる。話す声は走るでも激するでもなく、ぽつりぽつりと続いていたのがさらに間遠になり、途絶えたかと思うと、その静まりがそのまま切迫をはらんで、つれて寝間が天井から傾いて走る。

子供の眠れなくなるのは親の罪だ、ほかの間違いは是非もないこととしても、と自身が親となってからはひそかに戒めたものだが、あの時、親たちが何を話していたか、知る由もない。どんな声に触れて育ってきたか、それすら仔細なところを人は思い出せずに終るものらしい。子供は寝間が走ってもそれで眠れぬということはなかった。切迫が堪えられぬほどになれば、子供は指の爪の先で敷布をこすった。その間の伸びた音に触れて、なだれのけはいは止む。また始まればまたこすり、そのうちに眠ってしまう。

あるいは子供の幻覚のことではなくて、平生の空間もつねに傾いて走っているというのが実相であるのかもしれない。子供はひそやかな人の話し声のうちに狂奔のひそんでいるのを感じた刹那、外界へもろに放り出される。音もなければ動きも見えず、ただ切迫感が走る。子供の甲羅はまだ薄い。道端の石ころひとつに見入ることもあり、その石が自分の頭より大きくなり、これを見ているこの今がはるか遠く感じられる。

そんな幼年の感じやすさを青少年期からさらに後年まで持ち越した者の人生こそあやういが、たいていは人と成るにつれて被殻《かわ》も相応に厚くなり、中年ともなれば外圧に負けぬだけの内圧にも間に合って、多少の揺らぎとともに年の盛りをまわりこみ、老年がすすんで、老いそのものが病いにひとしくなる頃、眠り際や覚め際に、ほんのしばし、外界のなだれの中に身をさらすのが、物の順にはなる。老年の不眠癖とは、幼年期から返ってきた実相に逆らって、破れやすくなった甲羅をいまさら硬化させているしるしか。神妙ならざるものだ。

上の娘が満で一歳と少々の、歩き出すかどうかの頃かと思われるが、晩に床に寝かせて、ギャーゼとまわらぬ舌で言うので涎拭《よだれふ》きのガーゼをつかませると、そのガーゼを手の内に揉みしだいて、口をもぐもぐとさせていたかと思うと、もう眠っている。床に寝かせてからものの三分とかからない。その様子を毎晩、こんな赤ん坊にも眠る前にはガーゼ一枚のことにしても、そのもてあつかいに手順らしきもののありげなのを面白く眺めた。もぐもぐさせるのが乳を吸う口と同じなので、男親としては、やはり母胎に就いた安堵感から眠るのだろう、ガーゼを揉むのもその感触を手繰っているのかと思った。乳児にしてみれば母胎から離れて外界にあるということはそれ自体が危機である。眠りから覚めて火の付いたように泣き出すのも、覚めるにつれて宙へ投げ出された心細さを訴えているらしい。無限は所もなく時もなく、ひろがりすらないままに、偶然の一箇所にかすかな感覚が点《とも》れば、そのつかのまの中心を呑みこもうとしてなだれ出す。抱きあげられて乳をふくませられれば拠り所を得て宙吊りから救い取られ、嵐はおさまる。ガーゼに染みた涎の匂いは母胎の匂いに通じて、安穏な眠りを保証する。

しかし、小さな手を開くでもなく結ぶでもなく顔の前へもたげて動かしてはしげしげと見るようになり、やがて部屋の内のあれこれに目が行って動きをしばし追うまでになり、そのうちに人が顔を近づければ口もとからほころんではっきりと笑う。視界はまだよほど狭いようだが、裏返しにされた甲虫のように手足をもわもわとさせながら、この時期ほどに自分が外界の中心と感じられることは生涯、二度とないのかもしれない。身体も大人は小さいとしか見ていないが、母胎の内にはそこがたとえ幾層倍ものひろさでもとうていおさまりきらない。そう思ってみれば、おそろしいほどに大きい。その頃になっても眠りこめば母胎の中へ、生まれ出る以前へ、もどるのだろうか。うまし夢などと言われるが、しかし乳児も夢を見るとすれば、悪夢のないことではなかろう。母胎の内で一個の存在が萌すのはどの境からか、知りようもないことだが、保護されながらわずかに独立、つまり孤立しかけた胎児にとっては母胎の内は、まもなく生まれ落ちることになる外界におとらず無限であり、ときには母なる無限が、萌しかけた存在を嚥み下そうとして走ることもあるだろう。

とすれば、外界にようやく馴染んできた乳児が眠り際に、母胎の内の眠りへ吸いこまれるのにまかせながら、小さな手にガーゼのようなものを握って離さずにいるのは、外界の安穏への手がかりも失うまいとしてのことか。後年に及んで生涯にわたり、行動と称して仕事と称して、時には闘いやら交わりやら、あやうい淵に瀕してまでも、外の無限と内の無限との両端から吹きつける嵐を塞ごうとする、多少の徒労感のつねにともなう労苦の、これが手始めになるか。人は遮蔽の内でしか生きられない。

——天上の音楽、とか言ったたな。

友人が聞き咎めるようにした。何時のことだか思い出せない。お互いによほど若いようだった。

私はわざとしかつめらしく、そうなんだ、宇宙には星々の運行がおのずと楽の音を奏でていて、地上には届かないが、ある天文学者が長年の願望叶ってついにその音楽を耳にしたはいいけれど、それきり気が振れてしまったという話だと答えた。ところが友人は笑いもせず、それは狂いますよ、そんなものを聞いたら、天体は人間のために動いているのではないのだから、とその天文学者の不心得を責めた。

——天体の運行は、運動だから振動をともなうだろう。振動は空間というものがあるからには伝わる。大気圏に入れば空気を振わせる。地上のありとあらゆるものが、森羅万象、それに共振共鳴する。人間の身体の内も一緒だ。地球だって天体の運動の一部ではないか。

——共鳴共振しながら聞こえず、気も狂わない。

——人間の耳はそれを感受するようにはできていない。音として聞くものは人間の耳の、すでにして思い寄りみたいなものだ。だから天上の音楽などと言う。不協和音のきわまって、ただ荘厳なばかりで、音にもならなくなったようなものだ。

——大音声は無音、と言うな。

——ふむ、聞いて狂わなかった人もあるということか。

——男と女とでは、どうだ。

——男は思っても感じ取れない。女は感じ取っても、黙っている。からだに黙らされる。

——ひとつには通じないわけだ。

——ひとつになったら、それこそ心中物だ。

——臨終《いまわ》の際は、どうだ。

——どうもこうも、聞いている主体の、中心が消えていくのだから、埒はあいている。

——やすらかかどうかは知らず、埒の外へ紛れて失せるか。

——あんがい日常の、これもきわまったところに、また居るのかとも思われるな。いま一度、これきりに。天が下に新しきものなしだ。しかしこの日常こそ、無音そのものなのかもしれない。ばかばかしい、と最後の譫言につぶやいた人があったと聞いたけれど、これはこれで、大音声の無音を聞き取った安息の……。

そこまで言いかけて口をつぐみ、すぐ脇を手洗いへ急ぐらしい女性が甘い匂いをのこして通り過ぎると、眉をほどいて笑い出した。

——その辺のところは、空《くう》の修行も色《しき》の修行もまだまだ足りませんので、死んでもまた会うようなことになったら、折り入って話すことにしますか。しかし、死んだ人間とは、なんだか、言葉の矛盾のようにも思われるな。

お互いにとにかく若い頃のことだった。

西国からは連日、桁はずれの豪雨と、山崩れや大水の害が伝えられていたその間、東のほうでは風ばかりが吹いて天気は崩れそうで崩れきらず、そのうちに幾日か晴れ間が続いて夜には寝苦しくなったかと思うと、梅雨明けがあっさり告げられて、その日の暮れ方にはもう蟬が鳴き出した。どこから聞こえてくるともつかぬほどに細い、いまにも途切れそうな声だった。

去年の蟬の声はどうだったか。あの夏はあぶら蟬の声がいつまでも弱く、みんみん蟬に遅れを取り、夏の盛りを回ってつくつく法師の鳴き出す頃になっても、蟬時雨というほどの勢いにならないのを、これも震災の影響か、何かを感じてこの夏は羽化を見送って地中に留まった幼虫もあるのか、と訝った覚えがあるので去年のことのはずだが、仔細に思い出そうとすれば遠くなる。八月の末になり、たそがれ時に幼い子たちを連れて表で花火をさせているうちに、年嵩の子がそばの木立ちを指差すので目をやれば、幹のあちこちに蟬の抜け殻の掛かっていると見えたのが、花火に昏んだ眼が暗がりに馴れるにつれて、それぞれにもわもわと、羽化のために幹を這いあがっていく。その動きが幹を覆っておびただしい生命の蠢きか、あるいは地中に何年も生きた末に羽化して交尾して幾日ももたないというので、死への胎動のようにも目に映って、夏負けのした身体にこたえた。あれも去年のことか、それともそのまた前の年のことだったか、確めようとすればあやしくなる。

わずか一年前のことも、五年十年前のことにひとしく、あの頃はあれでもまだ若くて達者だった、と振り返えられながら繰り越されていく年齢にとうに入っていたか、と思われた。

梅雨明けの翌々日も朝から晴れて、都心では三十五度を超える真夏日となった。正午前の炎天下へ出て、もう四十年来の、宿酔か旅行中でないかぎり判で捺したような日課となっている散歩の道を雑木林まで来たところで、自分の足取りが年々、切り詰まっているようなのを思った。その端正なような足の運びの膝のあたりに、揺らぐでもないのに、いまにもよろけそうな気配がふくまれる。それを感じるたびに、背すじがもうひとつまっすぐに伸びる。たわいもない雑念にのべつ頭の中を素通りされているのに、まるで無念無想の歩みである。くたびれはててくずおれんばかりの足で、このまま一歩ずつ踏んで行けば着くところに着くとつぶやいて、行くほどに遠くなる道の残りをたどっているのにも似ている。

もっとも、これは二十年あまりも昔に、神経麻痺が来て不随意になりかけた脚であやうい平衡を保ちながら病院の廊下を歩いていた時から、持ち越された癖でもあった。行き着くところとは、あの時、すぐ先に見える廊下の角だった。さいわい五体満足に退院して、一年ほどもすれば結構な距離を走れるまでになったその後も、往来を歩いている最中に、苦もなく足を運んでいることが不思議になり、気がついてみれば背すじを、普段から脊髄の通りが悪くならぬように心がけて伸ばしているのをことさらまっすぐに、頭から腰まで、戒めるように立てている。息を詰めていたらしくかすかな喘ぎが洩れる。ひと呼吸ほどの息の乱れだが、病院の廊下をそのつどぎりぎりの平衡にたよって歩いていた時の、ときおりゆっくりと出し抜いた長い喘ぎと、感触は通じた。この癖もおいおい間遠になりながら絶えきりにはならなかった。歩き方が年々切り詰まっていくようだ、と折りにつけて思うようになったのも、もう十年来のことかも知れない。

しかし、ことさらに薄氷を踏むようなこの足取りも端から見れば、寝たきりにならぬ保証のつもりか、欲にかかってせわしなく前のめりに足を送る年寄りと、変わりもないのではないか。年に追いつかれまいと手足をはげますほどに腰がうしろへ置き残され、老いがかえってあらわになる、と呆れて林を抜ければ、また炎天の下、まぶしさに昏んだ目に、あちこちから年寄りの影が湧きあがり、おのれの分身らしく、歩幅が詰まってよろけかかり、眉間に苦しげな皺を寄せて団《どん》栗眼《ぐりまなこ》を剝きながら、よろけをおさめられないままに頓狂な手振りに腰つきで踊り出す。エエジャナイカと掛け声も聞こえて来そうで、もしも自分に古人の絵心があるなら、おのれを突き放して思いきり笑える老いの群集《ぐんじゅ》の戯画を物せるのに、と残念に思われた。その炎天も午後から曇り、夜には夏着に肌寒いほどに気温が落ちた。

翌日は雲が低く垂れて、午前の散歩に出て雑木林に入ると、まだ降ってもいないのに、雨の匂いがした。雨の近づいたのに感応して木の葉の吐き出す息かと思ったが、家を出る時から路上にそこはかとなく漂って、何やら懐かしいような匂いだが、と訝っていた。季節はずれになるが、家々で薪炭を焚いていた頃の朝夕の匂いに似ている。外国の街の曇天の早朝を思わせもする。人恋しくなる匂いだ、としばらく立ち停まって、惜しむように吸っていた。帰り道に小雨が落ち出して、濡れて心地良いほどのものだったが、昼食を済ませて仕事の机に就いた頃には、表は本降りになっていた。

翌日はときおり雨の走る中を暮れ方から都心へ出ることになった。だいぶ前からの約束だった。都心の方へ出るのは考えてみればひと月半あまり、ほとんどふた月ぶりになる。あれは午後の三時頃から夕立が来て雷のしきりに鳴った日のことだったが、都心と言っても繁華の街ではなかったので、都心にまともに入るのはじつにおよそ三ヵ月ぶりになる。不眠癖に粘りつかれている間は、寝不足ながら無用に冴える頭で仕事を細々と、平生の倍もの手間をかけて、ようやくつなぐありさまで、これで人中へ出れば所かまわず深い眠りにおそわれそうな気がして外出を控えていた。不眠のゆるんだ後も、その懸念が尾を引いていたものと見える。

まさか卒倒することもあるまい、もともと卒倒するような質《たち》でもなし、と気を楽にして出かければ足取りは多少硬いが揺らぎもふくまず、人中に入れば人中の存在になるものだと感心するうちに、繁華な駅の乗り換えのホームに立てば、線路を隔てて立つ大きな広告の、どぎつい上にさらに濁らせた色彩と、平面から突出してこれ見よがしに迫りながら苦悶しているような人面と、見る者の内へ押し入ろうとする工夫のすべてが、眺めていると眩暈を喚び起こしそうで、つれてまわりの足音が渦を巻きそうで、目を薄くつぶって耳に音を受け流した。姿勢はいよいよ切り詰まって、それこそ無念無想らしくなる。昔、まだ淋しかった郊外の駅の、夜更けて暗いホームのはずれにひとりぽつんと立ち静まった人の影のあったことが思い出された。

それでも人に会えばそれなりの心身になり、時間が経つにつれて近くの席で酔ってはしゃぐ客の声に耳を聾されても、聾されたその底から生じる細い明聴というものもあるのか、間違いもなく受け答えて、夜の更けかかる頃には席を立った。来る時と道を変えて私鉄の終着駅から鈍行を一台待って空席に坐ると、さすがに疲れて半時間足らずの先が長旅に思われたが、途中の駅の経過が早かったところでは点々とまどろんでいたらしく、苦もなく最寄りの駅に着いて、今夜は車を拾うかと思いながら、いつもの二十分ほどの道を歩き出した。

ここ十年ほどは夜更けにたどるたびに、年々遠くなる、来年の今頃はもっと遠くなるだろう、やがて歩けなくなる、と思いながら歩く道を、今夜は膝に力の入らぬなりに足がかかるがると運んでいく。古い石垣の続くところへかかった時には、夜目にはそれぞれ丸い墓じるしか、あるいは髑髏《されこうべ》そのものにも見える河原石のつらなりの、長年積み重なった眠りが、人の行くにつれてほどかれるような、安息らしきものが背についてくる。通り過ぎた後から石たちが覚めていくようでもあり、ひと足ごとにほどかれて遠ざかる人の背を、自身が見送っているようでもあった。

さて、何はともあれ、帰るところだ、とそれよりほかの道でもないのにつぶやいていた。

翌日も曇ったが朝の寝覚めは悪くなく、いつもの午前の散歩の、雑木林を横に長く見渡せるところまで来て足を停め、昨夜は長旅のおかげでひさしぶりに、さわさわと流れにまかせて眠ったなと息をつくと、林の天辺からみんみん蟬の声があがり、ひとしきり甲高く鳴いておさまった後から、枝々のあぶら蟬の一斉の鳴き返しを待ったが、ひっそりとも声を立てない。昨日も一昨日も、蟬時雨を聞いていたつもりで、聞こえていなかったようだった。その間違いを咎めて林はさらに静まり返り、炎天に炙られているでもないのに樹冠が盛んに沸きあがり、底の知れなくなりそうな沈黙の中から、やがて友人がたずねた。

——その、永劫の反復か、反復の永劫か、その今とは一体、いつのことなのだ。

あの夜の酒場のことだった。今この時だ、と私は答えた。瞬時ごとと言えば生身には苦しくなるから、ゆるくしぼって今日、この一日とするか、と自分から生硬なことを言い出しておいて始末に負えず放り出した。

——今日この一日か。日足の移るのも、夜の更けていくのもふくめて……。

友人はつぶやいて黙った。夜半の夕立の来る気配が酒場の内にすでに満ちていた。

——明日のことではないか。

しばらくしてしかし、友人はそんな言葉を口にした。明日とは今日の、あくる日か、と私は莫迦みたいに聞き返した。

——どこまでも人は明日を見ている。明日こそ永劫の今だよ。明けても明けなくってもさ。

友人は切りあげた。言葉をつなぎかねて私は自身の内をのぞき、息を引き取った母親の夜伽ぎをひとりで勤めた部屋の、しらじらと明け染めた窓を見た。明けたのを知るか知らぬか、生者と死者との、つきつめればそれだけが違いだ、と明けるにまかせていた。

——今は今日かい、明日かい。

友人はもう一度たずねた。雨もよいの明け方の空を渡る鳥の群れを見送った後のことだった。朝帰りの冗談と私は取って、まだ昨日なのかもしれんぞと返した。

——いや、やっぱり明日だよ。

友人は鳥の影も紛れた遠い雲へ目をあずけた。なにやらまぶしそうに笑っているようだった。

方違え

引越しの夜の更けた部屋のことが思い出される。四畳半ばかりの殺風景なところに親子四人が昼間の汗も流さず、肌着ばかりのまま、蒲団も敷かずに薄いものを掛けて寝ていた。兄《うえ》は中学生、弟《した》はまだ小学校の四年生だった。九月は苦の月だからと親たちは嫌って、八月も押し詰ってから急いで越しにかかった。

踏めば窪みそうな古畳には西向きの部屋なので昼の残暑の火照りが残っていたが、夜の更けかかる頃から雨がしきりに走って、ときおり遠くからざわめいて寄せては覆いかぶさり、低いトタン屋根をけたたましく叩く。そのつど、空気の冷えるせいだか、梯子に近い急な階段を伝って、油脂と鉄錆の臭いがのぼってくる。

昔は小さな町工場の、今は廃業して始末のつかぬままに、用もなくなった工具やら部品やら何やらの雑多に置かれた荒屋《あばらや》の、その二階の屋根裏のようなところになり、宿直か昼の休みの溜まり場でもあったらしく、若い男たちのワキガのような臭いも染みついて、暮れ方にまだ西日の熱のこもる部屋に入ったその足で母親は眉をひそめて窓を開け放った。女の寝た臭いもするな、と中学生の兄は弟の耳もとでつぶやいた。外の壁もところどころ破れと錆びの来た波型トタンで、西日を受けて焼けるようだった。窓には戦時下の爆風に備えて米の字に貼った和紙の跡が剝がしきれずに黄色くこびりついていた。やがて日が暮れて、家族は裸電球の下で畳にじかに坐りこんで、朝から炊き出しの握り飯を饐《す》えてはいないかと嗅ぎながらそそくさと喰った。

宵の口に父親が呼び出されて、そこの持ち主らしい人と表で話していた。鉄の物と言っても、金になるほどのものもありはせんのだが、夜中にまわりをうろつく奴もおってな、錠前のひんまがっていたこともあるので、いっそ取り壊わすまで住んでくれるといいんだがな、と聞こえた。父親は困惑しているようだった。人の声がやむと風が渡り、細い虫の音を運んできた。

引越しの夜ではあったが、そこは旧《もと》の住まいでもなければ新しい家でもなく、一夜の宿りだった。雷が鳴り、雨が一段とはげしく、屋根のトタンから天井まで抜けそうに降りかぶさると、宵の内から茶碗酒をあおってすぐに鼾をかいていた父親がむっくりと起きあがり、射しこむ稲妻の光の中であやしいような影となって階段を降りていく。廃屋の片側の、これも波型トタンを差し掛けただけの細長い軒下に、家財いっさいを積んだ中型のトラックがシートをかぶせて停めてある。だいぶして雨の音も弱まった頃に父親はもどってきて、茶碗の酒をまたあおり横になると、荷物に雨は通ってませんでしたか、と母親がたずねる。だいぶ吹きこんだが、さすがに本職の腕だな、シートはしっかり張ってあった、水ももらさず、と父親は答えた。濡れてしまったら、明日から暮らせませんから、と母親はそれでも心配そうにしている。売るものは売って、あとは水に流されようと、いっそさっぱりしたものだ、蒲団袋だけは午前中に雲行きを見てあちらへ運びこんでおいたからな、と父親は言う。蒲団が新居へまっすぐに行ってしまっては、わたしたちがこんな半端なところに来て寝ていても、何にもなりませんね、と母親は溜息をつく。蒲団は蒲団、人は人、と父親は答えて、それにしても一夜のこととは言いながら、おちぶれたものだ、とつぶやいた。二人とも壁の耳をはばかるように声をひそめていた。

誰もいなくなった家の中が目にうかんで、稲光がひとり隅々まで照らして、気がついたら花瓶をひとつ置き忘れてきましたよ、空けた家は心を惹き寄せるものかしら、としばらくして母親の声がして、雨の合間に、階段の下から虫の音が伝わってきた。

これではなまじ宙に迷って眠れやしない、と母親のまた細く訴える声に下の子が目を開けると夜はだいぶ移ったようで、いつのまにか雨はあがり、西へ傾いた月が窓を照らして、その窓の片端からいかめしげな、寺のような瓦屋根の影が斜めに伸びている。悪い夢の光景のように映り、頭を起こして左右を見れば、いましがたのは寝言であったらしく、三人とも深く眠っていて、それぞれ月の光に白く照らされた眉間に、揃って赤いような縦皺をきつく寄せている。まるで同じ悪相が順々に伝染《うつ》っていったかに見えた。早く寝てしまいなさいな、こんな夜は、と母親が気配を感じたらしく咎めたが、これもなかば眠りの中かららしく、壁のほうへ向きなおり、背をまるめた。もうすぐ夜が明ける、と父親が答えて鼾を立てた。

すっかり朝になり弟が目を覚ますと兄がひとり枕もとに手持ち無沙汰の様子で坐りこんでいて、起きたか、腹がへっただろう、パンを買っておいたから、すぐに食べろ、とうながした。父親は運送屋がこの近間に住んでいて朝早くに迎えに来たので一緒にトラックに乗って発ち、母親はすぐその後を追って電車で新居へ向かったという。まだ食べたくないと弟が答えると、それでは途中で喰えばいい、早く服を着ろ、すぐに出かけるぞ、こんなところにいられるものか、と兄は弟の腹掛けを剝ぎ取り、まるめて鞄の中に押しこむと、窓を締めて階段を降りていく。表へ出て兄が近所の家に鍵を返しに行ったその間、弟はあたりを見まわした。焼跡であったらしい少々の空地にあちこちから瓦礫の端をのぞかせて夏草が伸び放題に風になびくばかりで、月の窓に影の映った寺らしい建物はどこにも見あたらなかった。もどって来た兄にここで済ませておけと言われて、草むらへ立ち小便をした。

　その一夜の宿りがどの見当であったか、暮れ方に母親と兄と三人して旧《もと》の家から幾度か電車を乗り継いで人目でもはばかるふうにやってきて、翌日には親たちに遅れて兄とまた電車を乗り継いで新しい家まで行ったはずなのに、後年になって弟の記憶は揺らぐ。十歳の時のこととしては不思議な昏乱だった。陽が高くから照りつけるようになった頃に、兄弟は見知らぬ郊外の駅前の、小さな公園のベンチに腰をおろした。わざわざ途中で下車したらしい。まず顔を洗って来いよ、と兄は公園の隅の、突っ立った水道管に蛇口のついただけの水呑み場のほうへ顎をしゃくって見せた。見ちゃいられねえ面《つら》だぞ、と言う。

　お前はいつまで経っても、こうして見ていると、浮浪児みたいだな、ともどって来た弟に、炎天下で顔を洗って水を呑んでいるその姿をまだ眺めやるようにして、鞄からパンを取り出した。その当時、店で一斤の食パンを客の目の前で八枚ほどに切ってジャムやら何やらを塗って売っていたものが、半斤ほど取ってあった。さすがに腹をすかした弟がガツガツと喰っているその間、兄は駅を出入りする客たちを冷やかな目で眺めて、けっこうな身なりになっていくじゃないか、まず履き物からかわるな、とひとりでつぶやいていたが、お前が終戦の八月に入ってからいきなり現われた時には、どこぞの見も知らずの、しわしわの小人《こびと》に見えたぞ、と話を継いだ。おふくろも小さくなって腰も屈んで、負けたんだと初めて思ったよ、お前たちは空襲で怖い思いをしたのだろうが、俺にとっても、家族三人が消息不明だった、日数《ひかず》はあったわけだ、と言う。

兄は敗戦の前の年の夏から母親の郷里にあずけられ、東京の空襲の夜には、父親は勤め先に夜も詰めることが多かったので、弟はいつでも母親と二人で防空壕にうずくまっていた。家を焼かれるのも父親は見ていなくて、その後も東京に留まり、母子は父親の実家へ逃げたが、そこでも焼け出されて母親の郷里へ落ちのびた。兄が母親と弟のやつれきった姿に目を瞠った時には、父親はまだ音信不通だった。

俺たちは四人とも、まだお互いに消息不明のまま、一緒に暮らしているようなものだ、昨夜だってあんな落着かないところに、これまでのこともこれから先のことも話さずに、ひとりひとりになって寝ていたじゃないか、と兄は続ける。言われてみれば、親子四人がようやく母の郷里で落合った時にも無事を喜びあったような覚えは弟にもなかった。やがて東京にもどってからも兄は事々に、俺の知らんことだというような投げやりな目で眺めるようになった。

家が焼かれて、なくなってしまったのだから、と弟は胸の内で兄の言葉に答えていた。小さな木蔭の下にいても目の前からの照り返しに炙られてシャツの下から、汗の臭いに混じって、油と錆の臭いがのぼってくる。どうしてあんなところに泊まったの、と弟は今になりたずねた。空襲下の、明日は我が家かと思われる頃から、すぐ先のこともいっさいたずねず、考えもせず、黙って従う癖がついていた。

方違《かたたが》え、と兄は答えて、それは何と聞き返す弟に、口にするのも莫迦らしいという顔をしばらくしていたが、古い家から見て新しい家の方角が大凶なのだとさ、それでまっすぐに越すのを避けて回り道をしたわけだ、三角形の二辺を二日に分けてたどることになった、と説明した。その日の内に越したところで、トラックだって電車だって、どうせまっすぐには行けないのだから同じようなことなのに、親父もこの御時世に担いだものだ、と眉をひそめた。

方違えの最中にはそれらしいことを一言も口にするな、とまるで悪い物が聞きつけるようなことを大まじめに言うじゃないか、とくに小さな子には、お前のことだよ、寝言にも洩らすかもしれないのでおしえるなとさ、俺もそうと事が決まったからには、途中でごたつくのも煩わしくて、いよいよ莫迦らしくて、黙っていたけれどな、と言って空を見あげ、おい、悪い方角どころか、四方八方から怪しい雲が湧いてきたぞ、降られないうちに電車に乗っちまおう、と立ちあがってうながした。

どこへ行くの、と弟はたずねた。兄は呆れて弟を眺めた。どこに行くって、お前、銭《ぜに》はなし、新しい家へここからまっすぐに行くよりほかに、行くところもないだろう、と口ごもるふうになり、弟の顔をまた見つめて、お前こそ宙に迷ってるな、方違えなどということはかりにもするもんじゃない、とひとりで考えこむ顔になった。

電車に乗ってしばらくすると兄の言ったとおり空は刻々と暗くなり、やがて雨粒が埃まみれの窓ガラスを斜めに流れて、雷の鳴ったのを境に正午前から本格の夕立となり、雨脚につつまれて窓の眺めはふさがれ、ときおり靄の薄れ目から山らしい影がのぞいて、まるで人里離れた狭い谷あいを往くかのようだった。途中に停まった小さな駅の雨ざらしのホームから駆けこんできた客たちの濡れた衣服から線香の匂いが車内にふくらんだ。その駅の近くに由緒のある寺があるようで、半月遅れて旧盆の墓参りを済ませてきたところと見えた。

目の前の席がひとつ明いたので兄は弟を坐らせ、吊り革に両手でつかまった。その頭がだんだんに垂れて、目をつぶって拝みでもしそうな恰好から、眉間にけわしい皺を寄せている。込んだ車内の客たちも、濡れて駆けこんで来たのもふくめて、表は雷も雨もいよいよ激しく嵐めいてきたのに、窓の外のことを口にもせず、閉めきりの人いきれの中で黙って運ばれていた。

弟も目をつぶり雷雨の音に耳をあずけているうちに眠ったようで、昨夜の宿を目の内に浮かべていた。西へ傾いた月に照らされてしかめた顔のまま、家族たちはまだ眠っている。陽が高くなって夕立が来ても、そこだけは夜が明けず、人は新しい家へ立ちもせず、中途半端なところにつなぎとめられて、いつまでも眠っている。覚めている自分も金縛りにあって動けない。

兄に肩を叩かれて電車を降りると、雨はあがっていて陽が真上から照りつけ、川端の駅に来ていた。兄の後について、砂利トラックの通るたびにひどく揺れる長い橋を渡り、道路から住宅地に入って三つ目ほどの曖昧な辻を折れたあたりから、兄の足取りはおぼつかなげになり、しきりに前後左右を見まわしては首をかしげるうちに、はずれみたいな角をまた折れて畑の残るところに出た。その畑の縁に四軒ばかり並んだ小ぶりの新建ちの借家の、いちばん手前の家の縁先に、親たちが手拭いをかぶって立ち働いているのが見えた。

あとは俺が始末をつけないことには日の暮れるまで終りはしないぞ、無用なものを片っ端から捨てようとすると文句をつけるので困る、世の中変わったことも知らないのだ、それにしても、ここは田舎だな、と兄は親たちに気づかれぬままに角のところに立って眺めていた。

弟にとっては、初めて来たところなのに、もうつくづく見馴れ見飽きた住まいに見えたものだ。それが予感として当たったものか、それから長年にわたり、兄がとうに家を出て、住まいも周囲の新式の建物の間に埋没して、母親が亡くなり父親も亡くなり、自身も三十の手前になるまで、そこで暮らすことになった。

——あの家は何処にあったのか、こうして寝ていてあれこれたどり返すうちに、よくも見当がつかなくなることがあるよ。俺だってあそこに二十歳過ぎまでいたのにな。いや、何処だかは、わかっている。しかし、方角というのはまた別のことらしくて。

痩せて面がわりの目についてきた兄が病院のベッドから、見舞いに来た弟に、六十年も昔になる奇妙な引越しのことがたまたま話しに出たついでに、そんなことを口にした。相槌を打てずにいる弟に、しばらく間を置いてから続けた。

——人間はよわると、まず方角から、失せていくようだ。俺の住むマンションは知ってのとおりすぐこの先だ。廊下をよたよたと歩いて、はずれの非常口のガラスに顔を近づければ、黄ばんでさびしくなった林の陰から、その建物が半分ほどのぞいている。とうに爺さん婆さんの二人暮らしになっているけれど。子供らの通った地元の学校も、病棟の談話室の窓からすぐ下に、それこそ手に取るように見える。孫たちもあれでもう大人になりかかる頃だ。ところが夜に寝覚めすると、方角があやしくなる。それにつれ遠近も、病院を抜け出せばこの足でもたどり着ける近さだと頭ではわかっていても、遠いようになる。考えてみれば、いま寝ている所からして、何処ともつかぬ所なんだ。入院も旅寝だから、仮の宿だよ。

遠くへ耳をやる目つきになった。病室の厚い窓ガラスに音はほとんど遮られていたが、表では早くなった暮れ方の、雲間からうすく洩れる夕日の中を、雨が枯葉を宙に舞わせて走っている。午後から定めなく、あちこちへ移って降る。兄の言葉に弟はたじろいで、あの方違えは、親父は何を考えていたのだろう、と話題をもどした。兄がそんな方角のあやしさに苦しむのも、あの一夜の宿の、居どころの空白のようなものが後年へ順々に繰り越されて、早くに親もとを離れて世とわたりあってきた人だが、今ここに皺寄せされているのではないか、と遅れてひそかに思った。すると兄は声を低く立てて笑い出した。今頃になって聞くか、お前はほんとうに、物をたずねない子だった、俺にたいしても、どこに行くの、とそれだけだった、とまたひとしきり笑ってから、若い声になって話した。

あれは夜逃げのようで夜逃げではない、大まじめな方違えだった、と言う。父親は夏前に勤め先の整理に遭って失業の身になっていたが、秋から新しい勤め口の目処《めど》はついていた。八月の末の引越しも予定のことだった。借金もなかった。当時としてはまず世間並みの不如意だ。ところが、父親は四十なかばにして、何事につけても、どちらへ向かっても、八方を塞がれている、と思い込んだ。

八方塞がりならば引越しに方角を曲げても甲斐のないようなもので、父親もそう思っていたようで、どちらへ越してもなるようにしかならないと投げやりにしていたのが、越す十日ほど前になり、そんな迷信に凝った知合いの話を聞いてきたらしく、深刻そうな顔つきで家にもどると、わずかに、わずかにひとすじ細い道が見つかった、すこしでも踏みはずしたらあぶないことになる、と言って母親と兄にその道順を説明する。道順ばかりでなく、自分はトラックに乗って行くが、家の者たちはいつ家を出る、いつ電車に乗る、どこでどう乗り換える、その刻限まで指示する。その日の内は、夜が明けるまで、大きな声で話してはいけない、いま何処にいるかも、なるべく思わないようにしろ、といましめる。

方位だの、星のめぐりだの、天一神だの、そんな言葉に兄は聞く耳を持たず、どんなにくねくねと道をたどっても、日を改めても、どこからどこへ越したか、方角に変わりはない、とそこに掛かって異を唱えた。やがて口論になり、兄の理屈のほうがやはり勝って、父親はだんだんに押しこまれ、あげくには涙ぐんで黙りこんだ。その姿が無残に感じられて、それはもう気持の問題だから、たいして手間のかかることでもなし、と兄は譲った。父親が立った後、それまで黙って聞いていた母親が溜息をついて、お父さんは家の焼けるのを目の前に見ていないので、あんなことを言い出すのですよ、わたしたちにはもう方角も何もありませんよ、とやはり家の焼けるのを見ていない長男のいる前でつぶやいた。われわれはまだ、宙に迷っているみたいなものだから、と兄は自分なりに返して立ちあがり、ひとりになってから驚いた。方違えのことなどこれまでついぞ知らなかったくせに、父親があやしげな言葉を口にするにつれ、それに付いて行き、あげくには口馴れた言葉のようにそれを逆手に取って反論を加えていた。おかしなことがあるものだと思った。弟は別の部屋で眠っていた。

それまでは信心らしいものも見せなかった父親がにわかに迷信づいたのを兄は気味の悪いように感じていたが、それだけのきっかけのあったことは、新しい家に落着いた頃に父親から聞かされた。あの年の八月の初め頃、父親は知人の宅を就職の相談に訪ねたその帰り、まだ夜の更けがけの時刻に、家の最寄りの駅に降りた。すこしも怪しまずに改札口を出て商店街を抜けた。疲れて足もとばかりを見て歩いていたが、いつもの道をたどっていた。そのうちに足がなにやらしきりにあせるようになり、汗も噴き出すので、立ち停まって顔をあげると、見たこともない小さな沼のそばにいた。住宅地の切れ目になるようでそのあたりだけが暗くて、水が白く光っていた。その時になっても父親は面妖な心地こそしたものの、大きな間違えをしたとは思わなかった。ただ耳を澄まして、やや遠くで踏切りの鉦が鳴り、電車が通るのを聞き取ると、その方角へ歩き出した。だいぶして駅前に出れば、商店街も駅舎も、知らぬ土地だった。家の最寄りの駅のだいぶ手前で降りていた。酒は入っていなかった。電車の中では立ちづめで、今夜は莫迦に遠いなと感じていたが、眠った覚えもない。そこで初めて、おそろしくなった。

こんなふうにうろつくのも、八方が塞がっているせいで、これからまた電車に乗っても、家まで行き着けるだろうか、と心細くなったという。

話を聞いて兄は方違えとやらの日の父親の、朝から張りつめた顔を思い合わせた。荷造りに立ち働く最中にも、よけいな動作を慎しむ様子に見えた。そればかりか、家の者の一挙一動にも不安そうな目をやるので、おかげで家の者の立居も窮屈になった。とりわけ家の者の移動中のことが気にかかるらしく、細かな指図を繰り返した。自身と家財の移動のことは、方角の心得のある運送屋にまかせていた。運送屋にして方角にこだわるとは、やっていけるものだろうか、それとも、他人の引越しにかかわって、越した後の不幸などをよく耳にするので、よけいにこだわるのか、と兄は首をかしげた。

兄自身はあの方違えの宿に電車を乗り継いで移る道々、母親と弟が父親の代わりに兄の顔を、荷物を抱えて行きはぐれたような目でうかがうのがうるさくて、むっつりと黙りこんでいるように見えただろうが、じつは底がさっぱり抜けた心持だったという。戦前の友だちの家があらかた遠い郊外へ散って、世の中がいくらか落着くにつれてあちこちへ呼ばれて遊びに行ったので、交通のことには疎くなかった。しかしどこへ行く時でも当然、いくら乗り換えても目的へ最短の道を取っていることには変わりがない。それにひきかえこの日は、方違えの宿のありかこそ父親に仔細に教えられていたが、そもそもその宿のことが一向に思い浮かべられず、経緯《いきさつ》の全体がどうかすると現実らしくなくなり、行って見ればそれらしい宿はどこにもなく、近所の人にたずねても話は通じなくて、ただ父親が行方不明になっているのではないか、とそんなことを考えても心細くもならず、知ったはずの車外の風景がどこもめずらしく目に映った。まさにしばしあてもない旅の心だった。生涯、いつでも目的から目的へ詰め詰めに来て、あんな旅をしたこともなかったように思われる。

トラックはよほど遠まわりしたものか、父親はだいぶ遅れて、日の暮れかけた頃に到着して、夏草の繁る空地の縁に身をもてあまして立っている三人を見ると、兄の目にははっきりと安堵の色を顔にあらわし、助手席から降りて足ばやに寄ってきた。何事もなかったか、と手を取らんばかりにする。今では我が身のことよりも家族の身を、途中で間違いはなかったかと心配していたように兄には見えた。運送屋も降りてきて、ここまで来ればまず安心だ、と口を添えた。いや、夜の明けるまでは、その日の内なのだそうだから、と父親はひきしめた。

あの夜、兄はいきなり寝覚めすることがあった。覚めたのとどちらが先だったか、雨が寄せてきて屋根を叩く。風もどこからか吹きこんで、階段の下で巻くようだった。それが階下をひっそりと歩く人の足音に聞こえた。すると父親がむっくりと頭を起こして、階下へ聞き耳を立てていたのが、急に兄のほうへ目を向け、眠ったふりをした兄の顔をしばらくじっと見ているようだった。

家の者の安眠しているのを確めてから表へ出したままのトラックの荷物を見に立つのかと思ったら、それきり頭を沈めた。やがて寝息が伝わってきて、屋根の雨も通り過ぎた頃になり、兄は遠くへひろがっていく静まりに耳をやるうちに、父親は階下の物音を聞きつけた時、長男がここを出ていくのではないかと驚いて、そばで寝ている顔を見た後もしばらくその疑惑の、影のようなものをほぐせなかったのではないかと思った。兄はこの期に及んで逆らうつもりはなかった。行くところも知らない。しかしもしも、ふっと魔が差してここを出て行ったとしたら、とやくたいもないことを考えると自分でうっとうしくなりながら、この方違えの中宿《なかやど》りから迷い出て、家も知らず、家の者のことも知らず、雨の中を気楽に遠ざかる、その背がまざまざと見えた。我ながらあやしいことだった。

それにおとらずあやしいのは、父親はいったん無事に越してしまうと方角やら運勢やらにすっかり構わなくなったことだ。まるで憑き物でも落ちたようだったので、方違えの御利益はあったことになるか、と兄は感心した。もともと信心めいたことには無関心の人だった。秋の彼岸過ぎには新しい勤めに通うようになり、家は平生の暮らしにもどった。こうして生きながらえているのだから、世の中をうらむことはない、と父親は事につけて言う。今から考えれば、まだ四十代なかばの若さだ。弟も知ってのとおり、その後、波乱らしいものもない家だった。

越して三年ばかりして兄があの方違えのことにたまたま触れると、そんなことも、人はするんだ、と父親は世間のことのように言う。思い出したくないんだと兄は取って踏みこまずにいた。さらに年月が経って、二十歳になった兄が方違えの夜の宿のことを持ち出すと、それはお前の、なにか思い違いではないのか、と訝しげな顔をするので、兄は二の句が継げなかった。母親はあの引越しのことについて、終始口にしなかった。隠すほどのことでもないのに、暗黙の内の禁句とはこういうことか、と兄は驚いたが、どこの家にもあることなのだろう、と自分で取りなした。やがて大学を了えて職に就き、まず地方勤務だったので、家を出ることになった。

——あの家はどうせおおまかに生きてきたのさ。しかしあの方違えの間、親父はしきりと物に怖じるようにしていながら、まさに家長の顔だったな。

兄は目をつぶり、やや長くなった話に疲れたか、かすかな寝息が聞こえた。ひとり残されて弟はこうして眠る、初めは母親の、次に父親の、それぞれ末の見えてきた寝顔を、そばから立ちそびれて眺めていた日々が今になりもどって来た心地になった。あの引越しから十二年ほどになるか、自分が大学を出る年に母親が先に逝き、それから六年ほどして父親が後を追った。どちらも病院に入って長くもなかった。母親のいなくなった後はまだ壮健だった父親とふたりで手分けして買物も炊事も、洗濯も掃除もやった。兄は弟が兄になり代わって双親の面倒を最後まで見たようなことを言うけれど、そんな殊勝なことでもなくて、親もとから離れる間合いを失って成り行きにまかせたまでのことだった。父親がめっきり衰えて、何かにつけて息子の世話のいるようになってからも、それまでに若い者のすることは自分なりにやり尽したように思われて、たいして苦にもならなかった。父親の寝ついた後は、家と勤め先と病院と、その三点を結ぶ道しか知らぬ時期がしばらく続いた。ほんの先のことも考えずにその道をたどっていた。

母親がいなくなって何年かは、父親はまだ仕事に出ていたので、日の暮れに息子が駅前で買物を済ませてくると父親はまだもどっていないこともあり、雨戸を閉てきりの家の内に母親の匂いがこもり、すぐそこに坐っているようで、この家の主は結局、いつも口数のすくなかった母親だったかと思わされることがあったが、さらに何年かして、すっかり仕事から引いた父親が、晩に息子がもどってくると、ひとりで仕度した膳にむかって背をまるめて夕飯を喰っている、その姿がまるで生涯、妻もなく子もなく暮らしてきたように見えた。

兄は東京にもどっても世帯を持って親の家から離れていたが、節目節目にはそこにいて、事々に的確な指示を出した。母親の亡くなった時には、いっとき老けこんだ父親を立てながら、てきぱきと事を捌《さば》いた。父親の時にはまして、通夜から納骨まで、堂に入った喪主の物腰を見せて執りしきっていた。弟はすべて兄にまかせて、兄のするとおりにしていると、そんな自分こそ家から浮かれ出ていた息子の、取りとめのなさを露呈しているように感じられた。

——お前は眠っていたよ。

兄が目をあけた。親の通夜の席でつい居眠りをしていたのを今になりからかわれたように弟は取ったが、やがて雨が寄せてきて、窓のほうへ耳をやる兄の顔つきから、あの方違えの夜のことをまた思っているのだと知った。

——おさないんだと見ていたよ。じつはあの頃から、お前は気の長い、辛抱強い子だったのだ。

そんなことはないと弟がかぶせようとすると、兄の声は遠いようになった。たいていのことを黙って受け止めていた。

——先を急ぐその半面、俺もこれで気は長いんだ。けっこう長い。ここのところよく辛抱している。平静に辛抱しているよ。このままあちらへ越せそうなまでに。

ほのかに笑っているようだった。

兄の遺骨は兄自身の建てた両親の墓に納められた。父親の三回忌の折りに、墓参を済ませてひきあげる林の路で、五つと三つになる兄の子供たちが駆け出すので子たちの母親が小走りに追いかけるその後から、兄弟は肩を並べて歩いていた。あのコロコロした下の女の子は祖父の通夜の時にはまだ母親の腹の内にいたか、と弟は眺めるうちに、いや、そんなことはない、とうに生まれていて寺ではしゃいだ末に庫裡《くり》のほうの小部屋の隅にちんまりと寝かされていなかったか、と年を数え迷っていると、これから先はここに、年に一度来るか来ないかになると思う、と兄は言った。おふくろを長いこと納骨堂に預けたままにしておいたので、さすがに気がひけて、だいぶの金をはたいて墓を造ったけれど、俺も入ることになるんだかどうだか、と言う。ここは遠いから、と弟は答えて自分の結婚の段取りを考えていた。枯木の枝が芽吹きそうに霞む春日和のことで、背中を暖い陽差しに撫でられていた。

兄は容態もさほど変わらぬままに年を越して、正月には家にもどって松の内を過ごしたが、大寒も明ける頃に肺炎に罹かって亡くなった。兄の息を引き取った病室を、嫂と四十代に入った子供たちと、もう中学から高校へかかる兄の孫たちにまかせて抜け出し、自宅のほうへ今から時間を見て病院にでも兄の家にでも駆けつけるように連絡したあとで、まだ遠慮して廊下を足音ひそめて行きつ戻りつ、自分の娘たちと孫たちの年をよくも数えられないのを不思議がるうちに、気がついてみれば、表の梅の香りらしいのが廊下にうっすらと甘く漂っていた。

その夜から納骨の日まで、もう立派な中年になって世間の事にもよほど通じている甥が何かにつけて叔父の顔を見るので、一家の生き残った長老として振舞うことになった。自身は七十代に入ってもそんな場数を踏んでいるでもなく、まして不祝儀を執りしきったこともないのに、おのずと堂に入ったような物腰になり、その身体の内から、双親の時の兄の姿が浮かんで、兄はどうして、まだ三十代の若さであんな振舞いができたのだろう、とひそかに感嘆させられた。父親の通夜の更けかかる頃には、客の足の途切れた閑を盗んで、兄が弟に目くばせして祭壇の前を立ち、寺の庫裏のほうの縁側に半端にしゃがんで、アルミの灰皿を間に置いて、そそくさと煙草を吸いあったものだ。

俺たちは親に似ているかね、と兄は遅く着いた客の足音を聞きつけて煙草の火を灰皿に揉み消しながらたずねた。さきほど何処の誰だか高年の女の客に、こういう時の決まり文句なのだろうが、まるで生き写し、と顔をまじまじと見られたのが、気にかかったらしい。さて、もっと先になって見ないことには、と弟は賢いように答えていた。じつは親と似ているのどうのとそんなことをそれまで考えたこともなかった。

時代はとうに変わっていて、通夜も告別式も葬祭センターとやら四角四面の、病院からの直行のような、ビルの中でおこなわれた。甥はこの年になると会社や取引先の関係で季節の変わり目には葬式がひっきりなしに続くと話していたが、親のこととなればまた別で、ところどころで何かの異和感を覚えて所作に一瞬迷うらしく、それで叔父の顔をうかがうようだった。叔父もこんな建物の中で何人も知人を送っているので、それでいい、それでかまわない、と目でうなずき返した。兄だって幾度となく似たようなところで人を送ってきたはずだった。親族と親しい知人だけの小人数に故人の遺志で限ったのでその用はなかったが、式場が満席なら控室まで、中の進行は映像で流されるという。その控室の中で出棺の儀は済まされた。棺は台車に載せられたまま係員に押されて運搬用のエレヴェーターの中へ入った。続いて別のエレヴェーターで家族が地下の駐車場まで降りた。世間並みのことなら、仕方ないじゃないか、とこれが兄の口癖だった。

もしも、もしも万が一、兄に女性があって、その人が通夜にでも現われて目に立つようなことがあれば、故人の弟として一家の年寄りとして、自分が脇へ連れ出しておさめるよりほかにあるまい、とひそかに考えてもいたが、こんな建物の雰囲気では、かりに現われたところで見すごされて、波風の立ちようにもないように思われた。女人が思いあまってその陰に立ちつくすような、生垣もない。

初七日は客も呼ばず故人の家族と弟の家族とだけで済ました。喪主とその高校生になる長男と叔父との男三人のほか、忙しい婿たちには平日の晩のことで無理をさせなかったので、あとは女ばかり、総勢で十六人が寄り合った。母親たちはしんみりと話しこみ、若い者たちの声ばかりが、血縁どうしの懐かしい年頃か、さざめくその中で、甥と叔父は席を並べて酒を汲みかわしながらぽつりぽつりと話すうちに、叔父の耳には自身の声に故人の声が重なって聞こえてきた。甥の声かと耳をやれば、父親の声とはだいぶ違う。しかも叔父の耳に自身の話すのにわずかに遅れてふくらむのは兄の、双親の時の声のようで、となると今の甥よりも年下の、三十代の声になる。血のつながりよりも育った時代によるか、環境によって人の発声も異ってくるのだろうと思った。ここも高いビルの地下になり、和室ではあるが天井も壁もコンクリートに固められているのに、弟の耳に自身の話すにつれて聞こえる兄の声の影は古い家屋の、天井裏やら土の壁やら襖などに吸い取られてから返ってくる、ほの暗さをふくんでいる。兄も弟も何十年にもわたってマンションとやらに暮らしているだけに、この聞こえ方は不思議だった。

あるいは、昔は通夜とかぎらず、人は夜の更けるにつれておのずと声をひそめがちに話していたのではないか、と家に帰って寝床に就いてから思った。雨戸の外を風が渡り、静まると居間の内の火鉢に鉄瓶の湯の細くたぎる音が耳についてきて、いましがたまで何を話していたのか、しばし思い出せない。遠くまで耳をやっていた心地がして、途切れていた話を継げば、その声がすっかりは自分のものではないように聞こえる。風の吹く夜には見知らぬ人が遠くからやって来て、家の前に立っていたかと思うといつのまにか、姿は見えずそこに坐っている、と子供の頃にたしなめられた、といつだか母親が話した。あの世の人とは言わなかったが、声をひそめていた。

納骨の後、年月を数えるにはおぼろになっていたが、四十何年前よりもだいぶ繁った林の路を甥と叔父は肩を並べて歩いていた。先を行く家族たちとの間がやや離れた時、いろいろお世話になりました、おかげで助かりました、と甥は他人行儀に挨拶した。これで何もかも済んだように晴れた声だが、この齢では自分にとってこそ済んだことになるかと叔父が思っていると、甥はまた改まって、近いうちに母を口説いて越そうかと物件に当たっているのですけれど、父親の一周忌も待たずによそへ越してしまっていいものでしょうか、とたずねる。父一人よりも子供二人分の、嵩《かさ》がでかくなってしまったので、と笑った。それはかまわないだろう、四十九日も過ぎたことだし、と叔父も答えてから、この世代でもそんなことを気にかけるのか、とすこし虚を衝かれた。花はほとんど散って芽吹きの盛んな高曇りの日だった。

兄の納骨も済んでから弟は毎夜、深く眠るようになった。兄の病中も亡くなった後も眠るのに苦しんだわけでなかったが、納骨の後からはとりわけ、長年の寝覚めも時折りの不眠もすっかり忘れていた。寝つきも速く、陽も高くなってから目を覚まして、若くて壮んだった頃によくあったように、自分がいま何処で寝ているのか、変な所でつい寝込んでしまったのではないか、と迷うこともあった。こんな眠りの深さもいずれまもなく尽きるのだろうと思ううちに、初夏から梅雨時に移り、猛暑が来て熱帯夜が続いても、寝入りと目覚めばなに汗まみれになるだけで、途中は知らない。朝になるたびに、日々に老骨へと枯れていくような気のするばかりだった。

兄の新盆も弟がたずねずにいるうちに過ぎた頃に甥から電話があり、物件が見つかって母親も思いのほかあっさり承知したので、気の変わらぬうちに、早々に越すことにしたと伝えた。九月に入ってまた連絡があり、八月の末に越して新しい住まいにどうにか落着いたところだと伝えた。都心のほうの高層のマンションだとはかねて聞いていたが、三十二階だと言う。地震は大丈夫かい、と叔父が心配すると、この前の震災の時にも思ったほどは揺れなかったそうです、わかりませんけれどね、と笑う。あの日で懲りてよそへ越した人もあったので空室《あき》が出たのだろうが、と叔父は思っても口には出さずにいた。高い所からの眺めがよそのビルで見るのともまた違っておもしろいのでぜひ一度たずねてください、秋が深くなって空気が澄めば遠い山もくっきりと見えることでしょうから、とさそわれて兄の若い頃に歩きまわっていた山を思いもしたが、おなじマンションでも二階住まいの叔父は震災のよほど前から高所に居心地が悪くなっているので生返事をして、交通の便の案内を聞いていた。言われれば知らぬ土地でもなく、こちらの最寄りの地下鉄の駅からまっすぐに行けるところだった。しかしあちらで酒も振舞われたその帰りには、地上に降りて角をひとつ折れたら、道に迷いそうな気がした。なまじ昔の土地鑑が多少あるばかりに、まわりがすっかり変わってしまったことも見えなくなり、方角を心得た足取りで逸れて行く自分の影が目に浮かんだ。

彼岸も過ぎた頃からおいおい老年の寝覚めがもどってきた。夏の夜に苦しんだ末に涼風の立つのに感じてぐっすり眠れるようになるのと、まさに逆を行ったことになる。それにつけても、この春の花の散る頃からの深い眠りは、あれは何だったのかと訝られた。秋の深くなるにつれて、寝覚めたきり夜の白むのを見ることもあるようになった。こんな建物の内にもいつのまにか木犀の香が忍びこんでいる。その甘さを細く吸っていると、この春から夜々続いた昏睡の下で心身がじわじわと憔悴していたような、病みあがりの心地がしてくる。あのままにしていたら、悪いことになっていたのかもしれない、と今になり怖れることもあった。

兄の息を引き取った後の、夜更けの病院の廊下にうっすらと漂っていた梅の香も思い出された。しかし睡気も差さぬうちに惹きこまれるあの眠りは、兄の亡くなった後から始まったのではない。時期から考えると、墓の帰り路に甥から引越しの心づもりを打明けられて、親の一周忌も待たずに越してよいものかと相談され、四十九日も過ぎたことだからとあっさりと答えた、あの辺が境と言えば境になる。それでは、兄が墓に納まったことの、安堵感から来た熟睡だったか。しかしあの眠りは深いながらにけっしてほぐれたものではなくて、夢も見まいとするようなところがあった。朝になって覚めれば、敷布にもタオル掛けにも、寝乱れた跡らしいものも見えない。身じろぎもせずにいたように手足の節々のこわばっていたこともある。何を怖れて、忌み慎しんでいたのか。

新仏の眠りを我が身になぞらえていたのだとすれば、それこそ忌わしい、慎しむべきことになる。兄とはそれほど親密な、血は分けていてもお互いに内へ喰いこむような仲だったとも思われない。あの世へ往くのも越すうちであり、兄につれて自分もどこか宙に浮きそうになっていたのかとも考えたが、後からは異様にも思われるあの眠りの深さはどう日数をかぞえても、兄の中有も過ぎてからだった。やはり甥の引越しのことが頭の隅に掛かっていたらしい。しかし甥が先の方へ心を向けたのはむしろめでたいことである。甥の一家の引越しを心配するほどの親切気は叔父にはない。甥も重い齢になり、世間の事情には叔父よりはるかに通じている。いまどき方角もないものだ。

方角という言葉が人の声のように耳について遺った。時雨めいた雨の走る季節になっていた。あの夏の方違えの夜の、宿の屋根を叩く通り雨の音へ、年月を隔てて耳をやった。兄の話したところでは弟は何も知らず、たずねもしなかったとのことだが、父親の遺った奇妙な惑わしから始まって、一家は危い境にあったようだ。雨の降りかぶさってくる音にのべつ眠りを破られながら父も母も、惹きこまれて兄も、もしもこの中途の宿でよけいな口をきいて、こんなところで寝ていることをお互いに怪しんだら最後、せっかくここまで来た方違えを踏みはずして、やがて一家の離散の道をたどりかねない、と無言のうちにいましめあっていたように、今からは聞こえた。あるいは三人それぞれ、急に莫迦らしくなって頭を起こしては、たわいもなく眠る末の子の顔を、そんなことになったら不憫だと眺めたのかもしれない。

その後は親たちが亡くなるまで、早くに家を離れた兄も折りにつけて顔を出して、一家は揃って口数がすくなく、ひとりきりで居るような姿をときおり見せることはあっても、先のことに惑うようなことはなかった。しかし一家が宙に浮いた夜の、あの雨の宿こそ、家の者が後にも先にもなく肌を寄せあった所ではなかったか、と老いてひとり残った末の子には思われたが、

——こうしていても眠れはしないので、そろそろ行くか。

雨のまた寄せる中から兄の声がした。そうつぶやいて目をつぶり、寝息を継いだ。そろそろ帰ったら、とうながされたと弟は取って、兄の寝顔をしばらく見まもってから、では帰るね、近いうちにまた来るよ、と声をかけると兄がうなずいたようなので病室を立った。

鐘の渡り

山からおろす時雨の寄せるその奥に澄んだ鐘の音がふくらんで、風に乗って谷から野へ渡り、つれて眠りも遠くまで運ばれて人里を思いながら、末ひろがりにひろがって保ちきれなくなったところで破れると、並べた寝床の中で朝倉が腹這いになおって煙草を取ろうとしているらしく、夜の明けぬ枕元を手さぐりしているようなので、夢のまだ残る声でたずねた。

——鐘が鳴ったようだけれど。ひと声だけだったか。

——いや、三つ四つは数えた。初めに耳にした時には、篠原は寝息を立てていたよ。

——夢うつつに聞いていたようだな。道理で長く曳いたわけだ。それにしても、すぐこの山の上からにしては、ほのかな音だったたな。

——山ぶところは音も暗いんだよ。谷に降りてから鳴り響くのではないか。

——あの寺にもやっぱり人はいたんだ。

昨日の暮れかかる頃に峠から長いつづら折りの道を、杉の木の間からまだだいぶ下に目あての宿の煙の昇るのがのぞく平らかなところまでくだり、その隅に古ぼけたお堂のあるのを見つけて、一日の山めぐりの仕舞いの一服と、軒の下の縁に腰をおろし、ウイスキーの小瓶をひと口ずつまわし呑みしてから煙草をふかしながら、また降りかぶさってきた雨を眺めた。

境内らしいひろがりはあったが、本堂はとうに潰《つい》えたようで落葉の積もった地面にはその跡もうかがえない。二人が軒を借りているのはたまたま遺った小堂らしく、左手のほうへあがるほとんど埋もれた石段の上に木の間からのぞく鐘楼らしいものも、朽ちるにまかせているように見えた。

お堂の裏手に小さな棟があった。庫裡《くり》というには見すぼらしく、古い造りでもないがすでに荒屋《あばらや》になりかけて、戸窓をもうひさしい様子で閉《とぎ》している。人はいないな、この冷い雨の日に内で火をつかっているような匂いが伝わって来ないから、と篠原がお堂から目を返すと、今はいないかもしれないが、人は来ているのではないか、と朝倉はまだ内の気配を探るようにしている。どうしてそう思うと聞き返せば、いましがたここに降り立った時に、濡れた落葉に、人の通ったような温みを感じたのでと言う。行って叩いてみるかと篠原は腰をあげかけた。そうするかと朝倉も答えたが、二人とも軒の下から立ちかねて、酔いの差した眼で雨脚を眺めるばかりになった。やがて振り向きもせずにお堂を後にした。

山からまた寄せた雨がひとしきり叩いて静まった後に、鐘の音の余韻もないことがさびしいように感じられた。まだ明けようともしない暗がりの中から、隣の寝床でようやく探りあてた煙草に火をつけた朝倉の横顔が浮かんだ。吸うたびにふくらむ火を見つめている。あの時もそっくりな顔をしていたな、と篠原は思い出して寝床の中からまたたずねた。

——お堂の格子の内をしきりにのぞいていたけれど、何か見えたか。

——内は暗くてな。何も見えなかった。

——それにしては長いこと、ためつすがめつしていたではないか。背を斜めにして表の薄明りを入れようとしてまで。

——紅いものが、見えるような気がしてな。

——供え物だろうか。花とか着物とか。

——何だかわからない。とにかく紅いように見えた。雨の中の紅葉のように。暗がりからいまにも照り出しそうにしてはまぎれて、形まではならなかった。

そう答えて朝倉はまた煙草の火を見つめた。三年ばかり暮らした女をついふた月ほど前に亡くしたところだった。その四十九日も済んだという頃に篠原は朝倉に呼び出されて、この一泊二日の、遠くもない旅の話を持ちかけられた。登山というほどのことでもなくて、昔、谷の里からまた谷の里へ峠を越えて、通婚の縁も重なっていたらしく、お互いに何かにつけて片道半日がかりで訪ねあった路だと伝えられ、朝倉は学生の頃にその話を聞いて出かけるばかりになったところで差障りが入って取り止めになり、それきり忘れていたが、三十を越した今になり妙に心のこりになったので、よければ一緒に行ってくれないか、と誘った。

それにつけだかまた言う。ここのところ部屋からついでに自分の物も片づけてまわり、あげくに寒くなって住めなくなるまでやってやろうとむきになり、押入れの奥に山登りの用意の一式しまわれてあるのを見つけてひっぱり出せば、これが見るからに厳重に縛り括られていて、女と暮らす前の自分の手の跡ながら、まるで何かを封じようとしているようで気味が悪く、このまま捨てようとしたがそれも後暗いようで、ひとまずほどくうちに、もう五年も前になるか、最後に一緒に山に登った相手が誰であったか、思い出した、と。

聞いて篠原も五年ほど前の春先の天気に恵まれた枯木の山を思い出して、陽に撫でられて痒いようだった背中の感覚も懐かしく、自分もちょうど端境《はざかい》の閑な時にあたり、十一月に深く入っていたが昔は年の瀬にも里の人の越した峠だと言うので、つきあうことにした。自身は春には女と暮らすことになるだろうと思っていた。誘われた旅のことを女に話すと、女は眉をひそめて、一緒に暮らしていた女性に死なれたばかりの人と山に入って、ひきこまれはしないかしら、と答えたその眼が暗いようになり、でも、ひとりでやるわけには行かないわね、と息をついた。

半日の道とは里からすぐに山に入ってのことで、谷の村を抜けて登りにかかった時には正午をまわりかけていた。谷を行く間もときおり片側の山には陽が射しながら道へ降りかかる雨が、長くくねる山道に入ると、止んだかと思えば道を折れるたびに追いかけてくる。仕度は万全にしてきたので濡れて苦しむこともなく、三十男のもう軽くはない脚を一歩ずつゆっくりと踏みしめていた。やがて昔の里の人がかよったにしては急な登りになった頃に、雨は止んで風もおさまったかわりに、濃い霧が立ちこめて、道の両側の林のすこし奥も、近くの木の梢も隠れるほどになった。風に熱を奪われなくなり雨具の下で身体が火照り出したせいか、今では人もあまり通らないようで落葉を厚く積もらせた道が、葉の濡れて朽ちる匂いとともに、そこはかとない温みをひろげた。

その頃になり、誘ったからには案内役をひきうけて常に先を行く朝倉が道を折れるたびに、立ち停まりはしないが歩みをゆるめて、林の奥をのぞくようにしている。杣道《そまみち》らしいかすかな踏み跡の分かれるところではとりわけしげしげと、そのままそちらへ道を取りそうに眺めては通り過ぎる。疲れの来た時の脇見のようで、道を踏む足腰は確かだった。続いて道を折れながら篠原も朝倉が目をやっていたほうをのぞけば、笹に降りた霧の間から楢の類いか、落ち残った黄葉の、林を渡るらしい風にちらちらと慄えるのがわずかに見えるばかりで、何を熱心に眺めているのだろうと首をかしげて行くうちに、また杣道らしい跡が霧の中へ分け入って紛《まぎ》れるあたりから紅いものがふくらんで、すぐに掻き消されたその後から、残像がひときわ眼に染み、山の紅葉《もみじ》が林のあちこちに隠れて今を盛りに燃えているらしく、霧の奥で灯の影が揺らぐようにも見えて、ひきこまれはしないかしら、と声がして女の肌の匂いが朽葉からのぼり、それが自分のからだよりも、先を黙って行く厚い背中から滴るように感じられた。

――来たことのある道ではないのか。

そんな気がして声をかけると、朝倉は振り向いて、思い出すような目つきから、途中までも来たことはないけれど、押入れの奥からこの辺の地図を見つけてな、坐りこんで夜中まで道をたどっていた、と答えて歩き出した。空がひろがって峠が近いようだった。

霧のゆっくりと流れる小広い峠の、風陰に入って遅い弁当をつかった。用心のために二人前ずつ買ってきた弁当の、一人前を朝倉はたちまちたいらげた上に、ふたつ目にも手をつけ、息もつかずにかぶりつく様子に、健啖だなと篠原が感心すると、ひとり残されるとこんな喰い方になる、と朝倉は答えた。もどかしく、女を抱くみたいに、と言った。

峠からの道はまがりくねりながら上りよりもゆるやかになり、南へさがるだけに黄葉もよほど枝に残って、赤枯れた枯葉の間に淡い黄緑に透ける葉もまじり、くりかえし寄せる雨の中でも照りかわし、雨が通り過ぎて天が白めばほの明るさの中で濃淡輝きわたりながら、風もないのにはらはらと散りかかる。楽になった道をなかば惰性にまかせてくだっていくと、疲れの出てきているはずの膝が妙に弾む。足もとの土にも弾力があるようで、こちらの道はだいぶ人が通っているようだけれど、と先を行く背中に声をかけると、南の谷の里のほうが峠まで行き来することが頻繁だったのではないかな、人や荷を迎え取りに、と上りと下りとで辻褄の合わぬようなことを答える朝倉の歩き方が、腰を深く入れて蟹股《がにまた》になり、ひょいひょいひょいと拍子を取っているようで、うしろから合の手でも入れたくなったが、入れるまでもなく篠原も劣らぬ深腰の蟹股から、いまにも踊り出しそうな足取りになっている。

昔はな、と篠原の口からひとりでに声が洩れた。昔はどうした、と朝倉は振り向かずに聞き返した。昔は、二十歳の頃には、山を駆けくだるうちに、あてもないのに、女の肌の温みがしきりに恋しくて、人里に降りてすれ違うだけでもありがたいような、と篠原はそんなことを思い出していたところだったが、女を亡くしたばかりの朝倉のことが気づかわれて口には出さず、暮れた道を走ったこともあるけれど、人の道は夜目にもかすかに光ったものだと話を逸らすと、人のからだには燐がふくまれているからな、息に吐いて、汗に滲んで、道にこぼして行くんだ、と朝倉

は答えて、

――ひとりきりになって考えこむ人間も、雨の暮れ方などには部屋の内に居ながらうっすらと光る。境を越えかけたのを悟った病人を見たことがあるか。

そう言ってこちらへ向き直った。そのとたんにあたりの林が一斉に燃えあがり、頭上には雨霧が立ちこめているのに西のほうの空の一郭で雲が割れたらしく、斜めに射しこむ陽の光を受けて木々の枯葉が狂ったように輝きながら、八方でまっすぐに揺らぎもせずに降りかかり、足もとの朽葉も照るようで、朝倉の顔も紅く染まり、それでいていきなり闇につつまれて遠い火をのぞくような眼を瞠った。ほんのわずかな、十と数えぬ間のことで、あたりがまた雨もよいの暗さにもどると、見たか、と朝倉は言って、何をと問い返す閑もあたえず、背を向けて歩き出した。

追って雨が降りかかってきた。その中を足をゆるめずにくだった。いつのまにかどちらも腰が浮き気味になり、道を折れるたびに自身の勢いに振られてよろけかかり、立て直しては先を急いだ。雨の音が途絶えるとその静まりの中で、前後ひとつに合わさった足音が、大勢の者が山を奔るように聞こえてくる。なにやら面妖な心地になり、声をかけてひと息入れようとすれば、雨が林をおしなべて寄せて足音も紛れる。一時間ほども駆けた末に、山を覆う雨の音が急に低くこもり、林の間にややひらけた庭のようなところに降り立った。朝倉は腰を伸ばして立ち停まり、山は恐いと言うけれど、その山の中で身のほども知らずなまじ物を思うらしい自分こそあやしい、と朽葉の庭を見渡し、そのはずれにお堂を見つけると、湧いたように出たな、と言ってそちらへ足を運んだ。お堂の格子の内から雨の中へ、乾いた埃のにおいがした。

——眠れたか。夜中《よじゅう》、くりかえし、雨が走っていたようだけれど。

寝床の中から篠原はたずねた。鐘の音の絶えたのに目を覚まして言葉をかわしてからしばらくまどろみ返したようだが、部屋の内はまだ明けていなかった。朝倉はその間に仰向けに返ったようで暗がりから答えた。

——ああ、止んだな、と幾度か耳をやった。

——寝覚めはしなかったのか。

——聞くのも、眠りの内だったからな。雨の寄せてくるのも引いていくのも、眠りそのものが聞いていたようなな。

——何が聞こえた。

——雨の通り過ぎたその後から、小枝の弾けて折れる音が上手《かみて》の林から渡ってきて、下手のほうへ伝わっていく。それも遠ざかると、あたりに音もなくなる。

——音がなくなるとは、あることか。

——耳に聞こえる限りのことだ。無音はあらゆる声をふくむな。大勢の人間の、喘ぎやら呻きやら。

——そんな半端な、耳ばかりになったような、眠りだか寝覚めだかは、くりかえされたら、身が持たないぞ。

——峠を越えてくる間も、耳ばかりになっていたよ。

——道の曲り目ごとに、林の奥をしげしげと見ていたぞ。そちらへ行きたそうに。

——覚えはないな。お堂を目にした時に我に返った心地がしてあたりを見まわしたぐらいだから。

それでは、いきなり陽の光が林を斜めに削いで、目を見かわした時にも、朝倉は燃え狂う枯葉の、声だけを聞いていたのか、と篠原は怪しんで、隣の寝床の顔を見ようと起き直りかけたが、女を亡くしたばかりの男と、これから女と暮らすつもりの男とでは、おなじものに打たれても、まるで違うのだろう、といましめて頭を枕にもどして、しかしいましがた、朝倉の数える鐘の音の、余韻を曳くようにして目覚めた自分を考えると、女のことでは境遇に隔たりはあっても、雨の音ののべつ通り過ぎる中で床を並べて寝ていれば、一緒に山を駆けくだってきたことでもあり、目覚め際の夢がおのずと通じあうこともありはしないか、と雨の音の過ぎた後の静まりへ耳をやれば、その奥から呼ぶ声のあるような気もして、

——鳥の声が立ったように聞こえはしなかったか。風の行く手に、半声ほどに。風が狭い所を抜ける時に鳴る音なのだろうが。

思いあたりのことを口にすると、夜の鳥が鳴き出しても不思議はない、と朝倉は怪しみもせずに受けて、やはり女の亡くなった跡の沈黙をたどっているのかと思ったら、子供たちの声だよと言う。

——子供たちが声をはりあげて、唄っていた。小さな子たちが五、六人、男の子も女の子もまぜて。

——山の中でか。

――いや、吹きっさらしの街道だ。日が落ちたところだ。遊び疲れて寒くて、家に帰っても寒くて身の置きどころもなくて。すぐ表のことと見えているのに、遠くに聞こえた。

――何を唄っていた。

――それぞれ口から出まかせの、でたらめだ。唄にもならない。莫迦なことを叫んでると呆れていると、いよいよはしゃぎ立って、やぶれかぶれに羽目をはずす。叫ぶたびに飛び跳ねているようだ。それがそのうちに、甲高い子供の声のままに、どこか年の皺の寄ったような。

――言葉の端ぐらいは、覚えているだろう。

――さてな、耳をやった後から、聞こえていた気がしたもので。

そう朝倉は答えて、しばらく黙りこみ、さっき、鳥が鳴いたと言ったな、とたずねた。それと同じだという意に篠原は取り、返事を待って詰めていた息を抜くと、鳥が鳴いたかと朝倉は自身に聞くようにして、ひとりで低く口ずさんだ。

――鳥が鳴いてあの子は死んで、死んで生まれてまた死んで、生まれて死んでまた生まれ、心のやすまるひまもなし……。

――何だ、それは。

――どうだったか、文句はあやしいな。とにかく、そんな調子だ。やくたいもない。

そう結んで、話を切りあげたようだった。そんなこともあったかと篠原は自身の子供の頃の記憶を、朝倉の口ずさんだ唄の調子に合わせて探ると、日の暮れに路地で遊び疲れた子供たちが所在なさから、何かのはずみに声を空へはりあげて、二二《にに》んが四、二三が六、二四が八、と殊勝らしく声を揃えて唱えるうちに、二五、四十九、と誰かが明後日《あさって》のほうへ振ると、とたんに皆がはしゃぎ立ち、それぞれ競ってでたらめの数を叫び散らし、果てには交互に何やら知らぬ意味のありげな唄になり、手放しに振れる、あの頓狂の境を思い出し、そんなものを寝覚めに聞くようではと危んだ。

障子がようやく白み出した。隣の寝床から朝倉の眠り返す息が細く立った。俺が鈍かったので、いいようなもの、と篠原はいまになり胸を撫でおろした。あたりの黄葉が燃えあがった時に、篠原は明日の夜にでも待てなければ逢える女のことを思った。朝倉はそれを見すかしたに違いない。そのことに自分が気づかなかったのはよかった。なまじ気がついて取りなすような顔をしていたら、朝倉はいきなりの恍惚から、よけいに索漠としたところへひきもどされていたかもしれない。しかし思わず顔を見合わせた時、闇の中から瞠るような目から、朝倉はたしかにうなずきかけた。何の同意を求めたのか。何が通じあったのか。

——火を焚いていているな。二階で寝ていてもわかるものだ。

朝倉の声に目をあけると、階下で人の起き出した気配に耳をやるうちに篠原もまた眠ったようで、部屋の内は隅まで明けていて、雨もよいらしい薄い光にひたされ、言われてみれば煙のにおいがかすかにして、首に触れる空気もこころもち温《ぬる》んでいるようだった。眠れたかい、と篠原はまた同じことをたずねた。眠れたよ、と朝倉もあっさり答えた。

——鐘の音に目を覚まして、ひさしぶりにぐっすり眠った気がした。思うことも尽きたように鳴り止んだ。明日からは物も考えなくなるだろう。

そんなことを言う。それでは、鐘の鳴ったのはいつのことになるのか、明日からと言うのは、この明けた今日からのことか、と篠原はこだわったが、いかにも寝足りたような欠伸を朝倉がついているので、それはよかった、とこの旅に出て初めて、朝倉の身を気づかうようなことを口にした。そのうちに、炊事の匂いも昇ってきた。

宿の朝食に呼ばれて、まず味噌汁を啜る朝倉の顔に、ひさしぶりに物の味に感じ入っているような安堵の表情が見えた。きまり悪そうに椀のお代わりまでした。飯に箸をつけてからも、夕食の時の黙々と飢えを満たすようにしていたのとすっかり違って、つくづくと寛いだ様子で食べていた。一夜の内に何を越したのか、と篠原は眺めた。

朝食を済ましてひと息入れてから、その日はまっすぐに帰るよりほかに予定もなかったので、間遠ながらバスの便もあったが、雨霧にけぶる谷の道をくたびれるまで歩くことにして、朝倉が先に表へ立ったところで、篠原は帳場に寄って中にいた年寄りに、この山の上の寺の鐘は誰が撞くのですかとたずねると、鐘ですって、そんなものはありやしません、とたちどころに答えが返ってきた。石段の上のほうに鐘楼らしいものがあったようですがとたずねれば、あの石の跡は何段か登ればすぐに消えて、上のほうには何もありませんと言う。お堂の裏手の小さな棟には誰か住んでいるか、かよっているかしているのですかとついでに確めると、変わり者がひとりおりましてな、と言葉を濁したところでは、これには事情がありげだった。

それでは、あれは幻聴だったのか、埋もれかけた石段の上のほうの雨霧の奥に鐘楼のようなものを見たのも、後からの思い合わせだったか、それにしても、鐘の音を朝倉が三つ四つと数えて、その最後のひと声の余韻を自分が夢うつつに追ったのは、鐘のことを口にした時からさかのぼって、二人しての思いなしか、と篠原は靴紐を結びながら考えたが、鐘の音を聞いて長い眠りだか不眠だかの尽きたと言った朝倉の、せっかくの晴れ間をいまさら曇らすのも、自分にとっても物憂くて、話すのはもっと後日の、お互いにこの夜明けのことを笑えるまでになってからにしよう、と心に決めて立ち上がった。

降っても小雨ほどの谷間の、車も入る道をまた前後してくだって行った。山の上のほうには霧がかかり、谷の曲がり目ごとにその霧が川面まで降りて立ちこめた。ときおり風が後から吹き寄せたかと思うと前から吹き返し、ひと吹きふた吹きでおさまった後から、あたりが生温くなる。

足が唄うようだ、と朝倉が言った。足が唄うとは長い道をもう人里へ出るばかりになり勢いにまかせてくだるうちに膝がガクガクになりかかりながら止まらない、とそんな時によくこぼされる言葉だが、先を行く朝倉は軽快な足取りながら変らず地をしっかり踏まえている。道端から抜き取った枯草の穂をリュックサックの肩にさしていた。篠原のほうはその場で話して笑ってしまえば済みそうなことをいっときの危惧から、二人しての幻聴というのもさすがに気味が良くなくて、黙って抱えこんだせいか、足音がやや暗かった。

――遠くからは霧がわだかまったように見えるとまもなく人里に出るな。

人家の集まるところへ通りかかるようになった頃に朝倉が言った。火を使えば煙が出るので、その粒を核にして霧が結ばれるのだろうか、と篠原が考えていると、人の暮らすのは、いずれ旺盛なものなんだ、と朝倉はつぶやいた。

幾つかの集落を通り抜けて町のはずれから市内バスに乗り、駅に着いた時には正午にまだ間があった。雲の内から薄い光の降りるさびれた街を朝倉はめずらしそうに見渡した。どこかに腰を落着けてすこし呑んでから、飯にしようや、とやがて言った。山の雨の中の気つけはともかく、ここ半年ばかり、酒を呑むとかえって眠れなくなるので自然に控えている、と言って昨夜も形ばかりしか盃に手をつけなかったのが、酒を呑みたそうな顔をしている。誘われて篠原ももとより望むところで、行きあたりの店に入り、結局は二時間あまりも居すわることになった。

朝倉がいかにもうまそうに、人心地のついた面持で盃を重ねるので、篠原も酒がすすんで、この夜明けの寝覚めの、床の中からのやりとりの、鐘の話はすこしも出なかったが、口調だけがぽつりぽつりと滴った。

山から危いところを通り越して来た者どうしが、帰ったともまだ帰っていないともつかぬ半端なところに逗留して、いまさら遠く難所の渡りへ耳をやり、夜の更けかかるまでひっそりと話しこんでいたような、そんな記憶が後に遺った。

終着駅に来てどちらからともなく目を覚ますと、晩秋の日もまだ暮れきってはいなかった。人いきれのする地下道に降りて、もう若くもない男が街中をこんな山登りの恰好で歩くのも気のひける当時のことで、まだ睡気のまつわりつく顔であっさりうなずきあって左右に別れ、それからふっと篠原は振り返って、人ごみの中へ紛れて行く朝倉の後姿を目にした。あれが朝倉を見た最後だった、とはるか後年になりそう思いなしていた時期があったようだ。それも記憶の紛れだった。その年が明けてから顔を合わせていて、ようやく越したよ、山の物はすべて始末した、と朝倉の話すのを聞いた覚えがある。まもなくどちらも境遇が変わり、年々疎遠になっていった。朝倉の身について悪い話は高年に至るまで耳にしていない。

あの晩、篠原はまっすぐにひとりの部屋へ帰るつもりが途中から、日曜の宵のわびしさに感じて、女の部屋を訪ねた。戸口に立った男に女は目を瞠った。どうしたの、やつれてしまって、と細い声を洩らして、屈んで靴の紐を解く男を見まもっている。男は立ちあがって女と向かいあうと、まだ見つめられているのが苦しくて、すぐに抱き寄せた。女の肩に口を押しつけて、肌の匂いをむさぼっていた。

女を亡くしたばかりの男と二人きりで晩秋の山に入るということは、篠原は出かける前に女に危惧の色を見せられ、山の中でも折りにつけて気をつかわされたが、物心もつかぬうちに女親を亡くした上に、まだ幼くて親類の家に預けられていた間に入院中の男親も亡くしたので、人を親《ちか》しく看取ったこともない。まして、肌の馴染んだ女の病み衰えていくのを見まもるのはどんなことか、想像しても及ばぬことと考えて、なまじ思いやるのも汚すようで控えていた。さいわい朝倉は夜の明けるまでに、何を乗り越したのか、すがすがしいようになっていた。あの男もじきに新しい女を求めるようになるだろう、いや、午さがりの店でうまそうに酒を呑んでいる間にもその心は動きはじめていたのかもしれない、と篠原は振り切って目の前の女にのめりこんだ。

それがそれから三夜、女の部屋で寝込むことになった。初めの夜の明け方に女の傍で、鐘は鳴っていたんだよ、人もいたんだ、と夢うつつにつぶやいて目を覚まし、月曜日のことで、端境にはあったが次の仕事の件で人と話す用があり、すぐに自分の部屋へもどり着替えてまた出かけるつもりで起きあがりかけたところが、膝から力が抜けてまともに尻餅をついた。熱が出ていた。

たいした熱でもなく、女は篠原の額に手をあてて首を傾しげていたが、ひとりで起き出して仕度を済ますと枕もとにしゃがみこんで、化粧の匂いをひろげ、おさまったら、よそへまわってもいいわよ、書置きはしといて、と合鍵を渡して仕事へ出かけた。外から扉に錠が降りて女の靴の音の遠ざかるのを篠原は耳にしてまた眠り込み、正午頃に起き出すと足腰もしっかりしてきたので、冷蔵庫をのぞいてありあわせのもので腹をこしらえ、書置きもして出かけるばかりになり、この穢《むさ》い山登りの恰好で午さがりの街を行くことに気がひけて、もうすこし時刻を遅らせて出ようと蒲団にもぐりこんだきり、どうしたのよ、書置きがあって、人はまだ寝ているというのは、と声に目を覚ませば夜になっていて、女が朝と同じ恰好で枕もとにしゃがんで、額に手をあてて、昨夜が、過ぎましたね、と笑った。うつったぞ、濃厚な接触だったから、と男はやり返した。それよりも、危いところだったかもしれないわ、あまり急《せ》くので、と女がまたからかった。

その夜は、雨が降っているのでと女にすすめられて篠原はまた泊まることになり、二人して夕飯を済ますと、明日は女の寝ているうちにでも立つつもりで早目に床に就いて、その前に熱くして呑んだ酒がまわってすぐに眠り込み、ひと寝入りしたところで、そっと床に入ってきた女を抱き寄せて、その後でまた深く眠り、もう夜明けのほうへ近い頃か、覚めかけた頭の中を声が、声にもならぬつぶやきがゆっくりと、狂ったような緩慢さで横切り、昔な、谷の里からまた谷の里へな、馬ノ鞍とか言う峠を越して、老若男女が、吉事につけ凶事につけ、人が死ぬにつけ生まれるにつけ、半日がかりの深い山道をかよいあったのは、何代にもわたった通婚の、因果が重なった末のことでな、とそこで切れて後が続かないのに、聞いているとはてしもない坂を登っているようで膝頭も重たるくなり、朝倉の話したことではないかと払っても、眠りこんでしばらくすると、そっくり同じ言葉が繰り返される。そのうちに、生殺しのようなつらさに身悶えしそうになり、眼の内が紅く照って、火を焚く匂いが鼻の奥にふくらんで、熱した女の肌の匂いにも似て、息苦しさのあまり呻いたようで、女に肩を揺すられて目を開ければ、夜が白みかけていた。

女は男の額に手をやって、けわしい顔つきになり、だいぶ熱が出ているわ、やっぱり山から引いてきたのね、と眉をひそめた。肩口に触れた女の胸も熱っぽく感じられて、ついでにもらいはしなかったか、と男が女の身を心配すると、昨夜は大丈夫だったと、そう思うわ、と答えて考えこむ様子でいる。何の事かと男が気がついて、いや、風邪のことだ、熱っぽくはないか、とたずねなおすと、あなたのほうから唇を深く合わせないようにしていたわ、息がまともにかからないように口を首すじに押しつけていた、それよりも、あの後で何度もうなされていたこと、そのたびに起こそうと思ったけれど、半端に覚まさせると、なにかよくないことになりそうで、と言いさして遠くへ耳を澄ます目つきになり、男もつられて耳をやると、窓の外の庇に雨の音が降りかぶさってきた。その雨の過ぎた静まりの中で、どちらも黙りこんだ。昨日の宵の口の睦んだ男女の戯れとはお互いにまるで違った声音で話していたことに、男は気がついた。

雨の音が吹きこんで扉が閉まり、女の靴の音が表の廊下を遠ざかった。出がけに女はまた枕もとに来て、今日は行かないわねと念を押し、もしも勝手に出て行ったら、知らないわよ、と言って合鍵を取り上げて行った。脅していたな、出て行ったらこれきりというみたいに、と男は女の手から何年前のものかしらと首をかしげて渡された売薬が利いてきたようでとろとろとしながら思った。女のいなくなった部屋に飯を炊く匂いが遺った。お握りを枕もとに置いときましたから、と女は言っていた。

——鐘だよ。鳴っていたのだ。聞こえたものは聞こえたんだ。

ひとりで口走って驚いた時には、表はまだ雨らしく、部屋の内は朝方と変わらず薄暗かったが、午をだいぶまわっているようだった。また朝倉のつぶやくようなのを耳にしていた。

——眠りかけるとな、ひとりの眠りではなくなるのだ。女の眠りと重なるだろうとは、もう三年も一緒に暮らしてきたのだから、思っていたことだ。逃げるつもりもない。しかし、女の眠りとひとつになったかと思うと、その眠りがそこでやすまずに、何処の誰とも、何時の誰ともつかぬ、大勢の眠りの上へ降りかかり、大勢の眠りをひとりで、女の眠りと重なっていてもひとりで、眠っている。ひとりの眠りを、大勢が眠っている……。

そこまで聞いて、声にもならぬつぶやきを払いのけようもなく、鐘のことを口走った。いまさら言わずもがなのことを、と悔んだ。お互いに空耳だったことは朝倉だって知りながら長い不眠の痼《しこ》りのようやくほぐれるのにまかせていたのだから、とおのれを責めて目を覚まし、なにか鐘の余韻に紛らわしい音は山から立ったのだろうとひとりで取りなしてから、しかしいましがた耳にしたのは、朝倉の口から聞いた話ではなかった、夜明けの寝床からも、午さがりの酒の間も、そんな話はなかったと怪しんだ。鐘の空音に遠くまで運ばれて、まだ目を覚まさぬ人里を思いながら、眠りを保ちきれなくなったのは、自分のほうだった。鐘が鳴っていたようだけれど、と寝惚け声でたずねると、三つ四つまでは数えた、と朝倉はしかしすぐに受けた。人をからかうような男ではない。

あるいは朝倉は実際に、隣の寝床でも目を覚ましているようなのを感じて、長く続いた不眠のことを打明けはじめたのを、自分は半分眠って聞くうちに、朝倉の話すにつれて遠く人里の、大勢の眠りの上へひろがり、朝倉の声の途切れたところで、宙に置かれたたよりなさから、鐘の音を空耳に聞いたのではないか。それにしても、鐘の音に自分はいかにも疎い。朝だろうと夕だろうと、深夜だろうと、鐘の鳴り出すのを待つような、余韻らしきものに耳を澄ますような、そんな習いはもとよりない。夢うつつの間にあっても鐘の音の、幻聴すら立ちそうにもない。すべてまず朝倉の内に兆したものだ。女の沈黙の染みついた朝倉は夜明けに目を覚まして、山を越えて不眠の痼りのほぐれかけたのを感じたからこそ、いまさら不眠の苦しみを訴え出し、話すにつれてさらにほどけて、今にも何かの声を聞いて女の眠りが四方へ鎮まりそうな境にさしかかって耳を澄ましたところへ、傍から鐘のことをたずねられ、聞くばかりになっていた耳にその音が遅れて余韻を曳き、鳴りじまえるのをすでに数えていたようにも感じられたのではないか。

しかし、二人しての幻聴ではあった。朝倉のつぶやきが隣でまどろむ自分の内に鐘の音を想わせ、余韻の影を追いきれなくなり目をさました自分の声が朝倉の内に、幻聴ながらおそらくくっきりとした、鐘の音を響かせた。これはつかのまながら交換になりはしないか。暮らした女を亡くした男と、これから女と暮らす心づもりの男との間の。

交換とは言っても、朝倉のつぶやきがこちらの夢うつつの中へ入り、こちらはしばらくそれに運ばれてから、鐘の音として返した、とそれだけのことであり、自分は朝倉の思いの往って復る通り路にすぎなかったはずだが、起き出すと朝倉は晴れたような様子になり、自分は出がけに帳場に寄った時には気が重く、先に表に立った朝倉の耳には届きそうにもないのに、鐘のことをたずねるのに声をひそめていた。

玄関の外に気ままそうに立つ朝倉の姿を見て、女のことを、亡くなった女のことを思っていた。顔も知らないので、自分の女の顔をおのずと借りて浮かべていた。今になり、鐘の音のことをたずねたのに答えた朝倉の声が女と深く交わった後の男の声に聞こえた。煙草の火のふくらむたびに紅く浮かんだ横顔にも、女と交わって精を尽した男の、頰の瘦《こ》けが見えた。夜明け前の夢の中で朝倉は女と、月日のいよいよ隔っていくのに感じて、これを限りと交わった末に、まだ暗い天井から男に向かってうなずいては頭《かぶり》をかすかに横に振って遠のいていく女の顔に、地にひろがりきって眠るに眠れぬ苦しさをいまさら訴えた。そのつぶやきが隣の寝床へ伝わって、鳴りもせぬ鐘の音を呼び起こし、それが朝倉の耳にもさかのぼって響いて、女の面影が鎮まったか。

そらおそろしいことを考える、それでは朝倉の女の、遠のいていく面影が自分のまどろみの上にかかり、この自分が成仏の鐘を鳴らしたようなことになるではないか、と驚いて我に返れば、そんな淫夢を見た覚えもないのに、自分こそ女を抱いたばかりの身体になっていて、そればかりか、ちょっとした事後《あと》の間違いが悪いことを女の身に招き寄せかねないとおそれるように身じろぎもせず、息もひそめている。朝倉のつぶやきを夢うつつに耳にする前から、その姿勢でいたようだった。そのまま昨夜のことを思い返した。昨夜という夜が何時のことと知れないように感じられた。それなのに、しっとりと汗ばんだ女の肌の匂いが、それこそいましがたのことのように、寝床の内にふくらんだ。その中に男の、怯えの臭いがまじる。臆してはのめり、のめっては臆している。それにつれて女の肌が熱くなり、ひたりと吸いついてくる。

ひとりきりになった夜の部屋の半端なところに坐りこんで押入れのほうへ横眼をやる男の影が見えた。押入れの奥から山登りの道具をひっぱり出してみると、女と暮らす前の自分の手の跡には違いないが、何かを封じようとしたように、きつく縛り括ってあった、と朝倉は話して声をひそめがちにしていたが、それよりも先に、女の身につけていたものを肌着に至るまで、女には身寄りもなくて看病から後のことまで朝倉がひとりでやったと聞いていたので、それもひとりで始末するよりほかになかったはずだ。箱のようなものに小分けして納めて、夜更けに運び出し、塵《ごみ》の集積所に置いて来たか。しかし幾度捨てても部屋にもどってくれば残った物の存在がかえって重くなり、今夜はもうやめにして寝るつもりでも、眼がひとりでに押入れのほうへ行く。

その眼がいまにもこちらへ振り向いて何の用だと咎めそうで、女の匂いにつつまれて寝ているのもやましくて、身を捩って蒲団の上に起き直ると、物を思う間にも昏睡がはさまっていたようで部屋の内は暮れかかり、にわかに空腹を覚えて、枕もとに女の置いて行った握り飯をつかんだ。むさぼり喰ううちに、峠で一心に弁当を搔きこむ朝倉の顔が顎のあたりから重なってくる。ひとつ目をたちまち平らげてもうひとつに手を出しかけたところで、空腹が底なしのようになり、喰うほどに飢餓の慄えの中へ惹きこまれそうで、皿を持って立ちあがり、居間のほうに出て、山登りの上着をはおって小机の前に坐った。

戸口に明かりがついたのに気がつくと、すっかり暗くなった部屋の小机にまだ坐りこんで、皿の上の握り飯には手を出さずに、その前へうなだれていた。女は玄関から上がると、すぐ脇になる部屋の、空になった寝床をじっとのぞいていた。やがて暗がりに坐りこむ男を目にすると、短い悲鳴をあげた。

——鍵をかけないで出ていった跡に、人が入りこんだのかと思った。

かすれ声に責めるその手に鍵が握られている。部屋の明かりをつけて女は濡れたコートのまま男の前へまわり、男の顔を眺めて、机越しに唇を寄せてくるのかと思うと、すこし離れたところに腰を引いて立ったきり、なんだか顔つきが変わってしまったみたい、とまだ怯えの残る声で言った。死んだように眠っていたよ、と男は答えた。こんなに眠ったあとの顔を見せたことはなかったからな、考えてみれば物心がついてから誰にも見せなかった気がする、と言い添えると、そうね、いつも抱くだけ抱いて、そそくさと帰りますから、と女はようやく笑った。

さっそく男を寝床へ追い返して女は仕度にかかり、その夜も二人して夕飯をしたためることになった。女は男の食のすすむのを喜んで、自分のものを分けては浮き立つ様子でいたが、いつもの夕飯の、小机に額を寄せあって黙りがちに、抱きあう前の腹ごしらえのようにしているのと違って、机からこころもち引いて切り詰めた正坐をまもり、細く伸ばした腰をときおりつらそうに揉みながら、どこかひっそりとした目つきで、物を食べる男の手つきを見ていた。まるで驚いて跳ね起きたような蒲団の乱れ方だったわ、といまさら咎めた。

侵入者を見る目だった、と男は食事が済んでまた女に追い立てられてもどった寝床の中から、後片づけをしてまわる音へ耳をやって思った。侵入者に物を食べさせて、たわいもなく喰うのを見て喜びながら、迫ってきたらはねのける用意をしていたように見えた。

――聞いている。今日は表にいる間、からだが、立つたび坐るたび、つらかった。初めてのあくる日よりも、もっとつらかった。

女が声をかけてきたのは、肩を寄せあうだけにして眠り込んで、だいぶ経った頃になる。そう言いながら女は肌を触れて来ようともせず、天井へ大きな目を見ひらいている。誰なのよ、と男は咎められそうな気がして、聞くなといましめるように女の手を握りしめたそのかたわらから、お前を抱いた男だよ、と荒い言葉が口をついて出かけた。女は返事を待たずに続けた。

――午後になって仕事の合間に気がつくと、部屋の内を思っていた。そのたびに、誰もいない。鍵もかけずに、暮れていく。わたしの部屋よ。わたしが裸のまま置かれたようなものだわ。でも、もしも中にいたとしたら、抱かれることになるので、一緒になることがそれきり決まってしまうようで、髪の根がざわざわと締まりそうになった。そこまでは考えていなかったのよ。

肌をこわばらせて、抱かれる構えを取っている。男は女に答えようとせずに黙りこんでいる自身が気味の悪いように感じられて、女の首に腕をまわして頭を抱き寄せるまではしたが、怯えのまじった男の衝動にまかせて女のいっとき思いつめた境を越してしまうことがためらわれて、息を詰めて遠くへ耳をやれば、鐘の音に運ばれて谷から里へ渡り、ほのかになりながらひろがりにひろがり、余韻も曳かなくなったその中から夜明けの白い顔を見かわした男女の、やがてひっそりとまじわる部屋が見えて、谷の時雨を分けて来るのは誰、と喘ぎかかってたずねる息が耳もとにふくらんで、何も言わなかったはずの女の顔をのぞきこむと、目を閉じたままうなずいた。

——あしたのお天気は御飯。

眠りの中から甲高い子供の声が寒空へあがった。お天気ならどうして御飯なのだ、御飯のようにありがたいということか、飯にまともにありつくのも天気次第ということか、埒もないことを、と男は大まじめに呆れては涙ぐむうちに、子を産めるようなところを探してきてね、とまかせる間際に女のつぶやいたのが耳に返って、

——あさってのお天気もごはあん。

囃す声がさらに高くあがり、そら、やなあさってのお天気もごはあん、と別の声が受け、それ、そのまたつぎの日のお天気も、とまた別の声が送って、はてしもないようになり、やがて何人もの子がてんで口から出まかせに唄っては、ひもじいままにはしゃぎ立ち、凍てついた土の上を跳ねまわるようだった。

水こほる聲

明ければ二月の三日は節分、四日は立春、九日が初午、十日が旧正月、と暦の声を聞けば心がつい勇みそうになるのも、いよいよ老いの境のしるしか。この冬は越せるだろうかと昔の年寄りの心細がった、その冬場はまだ過ぎてもいない。

寒い冬になった。昔なつかしいような寒さだ、と人が言う。高年の者の述懐まじりの繰り言になる。たしかに、ひさしぶりの冷えこみがつづく。夜が更けて寝床に入れば、蒲団に肌の温みのうつるまでに近年の冬にくらべればひまがかかり、子供の頃の、冷たい水の中へ歯を喰いしばって身を漬たすようにして蒲団にもぐりこんで、震えが来ては息を詰め、寝床のおもむろに温もってくるのを待ったことが思い出される。しかしあの頃の寒さはこんなものではなかった。家は隙間だらけの木造の、天井にも床下にも風が吹きこむ。火鉢に埋めた練炭のようなものだけが深夜の火の気で、蒲団は薄く毛布もすりきれて、着るものも食べるものも粗末だった。

寒夜に肩が冷えて寝覚めすると土間のほうから、足を踏みかえる馬の蹄の音がして、生温いにおいが伝わってきて、それでほっとしてまた眠る、とは農家の出身の人の話したことだが、都会育ちの者にも聞けばすぐに自身の記憶になりそうな話だ。

朝には家の内でも零度近くまでさがる。火鉢にかけた鉄瓶の湯気と人の寝息が窓の内側に露となり霜となり、氷の華を咲かせる。火種《ひだね》も絶えた中へ起き出す時には、寝間着を脱いですっかり着替えるまで、下腹に力をこめて息もつかずにいる。肌が乾いて白い粉を吹く。前の夜に肉のものや脂のものを少々でも摂っていれば、その分だけ肌はなめらかになり、朝の寒さもよほどしのぎやすい。

夜の更けかかる頃に家族が炬燵を囲んでいる。部屋の内が冷えこんでくるにつれて皆、背がまるまり黙りがちになる。そこへ誰かが立ちあがると、あれを取ってくれ、これをしまってくれ、とまわりから声がかかる。立っている者は親でも使えと言われた。それにしても、家族が顔を突き合わせながらいつまでも黙りこんで、鉄瓶に湯のたぎる音ばかりになると、子供の目にはすべてが奇異に映ることがあった。親子兄弟がそれぞれに見知らぬような、何を思っているかも知れぬ、分厚い面相を剝いている。鉄瓶の立てる細く澄んだ音すら、静かながら走るように聞こえてくる。行き詰まった家のしるしだったか、と後年になって振り返られた。

我慢するだけした末に思いきって手洗いへ立つ。凍《い》てついた廊下のはずれに厠はあった。子供はつい走る。すると廊下が陰気な老朽の音を返す。手水場《ちょうずば》の格子の窓から白髪の顔がのぞきそうな気がしても、背中から張りついてくる冷たさに追われる。厠に駆けこんで便器《あさがお》に向かえば、小水が湯気を立てる。早く済まそうとあせってもなかなか停まらず、湯気はさらに盛んにあがる。

命まで排泄しそうに感じられる。居間へもどる時には下腹から力が抜けて膝頭もたるんで、廊下をぺたぺたと踏んでいく。手水を使ってかじかんだ手をだらりと垂れている。

冬の寒さにつけても当時の子供にはおのずと、命のあやうさの感覚が日常の立居につきまとったようだ。栄養不良の身体ではあった。冬にはさすがに素足ではいられなかったが、あちこちがって糸目のすけた靴下から床の冷たさが、性悪にさしこんでくる。風邪をこじらせて三晩のうちにそれきりになったという子供の噂も耳にした。薬はろくになく、医者などめったに呼べるものではなかった。死んだ子はそそくさと送られると聞いた。遠くまで往かないうちにどこかのよい家に早く生まれかわれとの情かららしい。上野の地下道では今夜も大勢の子供が飢えて凍えている、と親たちは何かにつけて子供の顔をじろりと見ては言ったものだ。

風の夜に子供はようやく温もった寝床の中から耳をやる。空っ風の晩には火事を思う。家の内に紅い花を置くななどといましめられた。少々のスルメを焼いて分けてかじるというお呪《まじな》いもあった。風の寄せる音が、軒から軒へ騒いで、遠くから聞こえる。やがて屋根から振りかぶさり、戸窓をひとしきり揺すり、天井裏に細い唸りを立てて通り過ぎる。遠ざかる音もかなり先まで、夜更けに路面電車の走る音の消えるあたりまでたどれた。

風の合間の静まりに、家の内のあちこちから、みしりみしりと音が立つ。人の忍んで歩きまわるのに似ている。思わず床下を踏み鳴らしてしまったのに応《こた》えて家のあちこちの軋むのを、足を停めてやりすごしている。風の走る夜には表を放火魔《ひつけ》がうろつくとも言われた。家の内まであがってくるとは聞いたこともなかったが、足音のような気配へ耳をやっていると、ひろくもない家が、人のいない部屋が幾間もあって長い廊下の通っている古屋敷のように聞こえてくる。風がまた寄せればどこかでちろちろと伸びる炎を思いながら、寒さにおさえつけられて頭も起こせない。何も知らずに眠っている家の者たちの寝息のほうがおそろしく感じられた。やがて風の音にまぎれて鼠が枕もとを走る。

古屋の梁やら柱やら床板やら、すでに細かい罅《ひび》割れの幾すじも入った木材に、乾いた寒気に締められて、もうひとつ深く罅の分け入る音だったと思われる。風の吹きこんだ後の、また一段の鬩《しじま》りがそれをうながしたようだ。冷えた木材の弾ける音と子供もやがて聞いていた。学校の理科の時間のおかげで賢くなったせいか、あるいは建物の老朽が年々すすんで、冬の罅割れの音もあらわに、聞き紛《まが》えようもなくなっていたか。

——冬の林に水こほる聲

古人の連歌の付句が、温みの馴染むのに遅い寝床の中から思い出された。いまどきの住まいのことで、氷を思うほどに冷えるわけでない。近間に雑木林はあるが、家から二百米も隔たっている。風も林の音を運んで来ない。夜に窓を閉ざせば表は晴れているとも降っているともつかない。凍てついていることは道路を走る車の音からわずかに聞き分けられる。建物の内からはどこかでこの時刻に水を使うらしい音だけが伝わる。それでもしばらく、古家のあちこちから立つ軋みへ耳をやっている子供の心地になる。梁のわずかずつ沈むのを思っている。

あの子はそのかぎり、今のこの年寄りよりも、老いた心でいたのではないか。

——見る目にも耳にもすさび遠ざかり

冬の林に水こほる聲

老いれば見るものにつけ聞くものにつけ興の薄れるのは自然のことであるのに、あながちに興をもとめる。興にまかせることのならなくなった身をわきまえず、興から隔てられていくことに心やすからず騒ぐ。今の年寄りのまずしさである。老いの面白さは興の尽きかけたところにあるはずなのに。

《耳にも遠ざかり》を《水こほる聲》と受けたのは、絶妙な付けである。寒夜の老体の、すさびに遠ざかられた耳にして初めて得られる、明聴を思わせられる。森羅万象の上へはるかにひろがっていきそうな明聴である。この句を詠んだ宗長は当時まだ男盛りの年にあったそうだが、少年から老年まで、生まれる前から死んだ後まで、今この時においてわたるのが、歌の心というものか。

それにしても、水の凍る声とは、何なのだろう。よけいな訝りなどをさしはさまずに、音にも立ちそうな寒気の甦りを聞き取っていればよさそうなものを、なにやらしきりに我身の既知感を、いつか耳から染みて目に浮かべた光景を誘い出しそうになる。生涯くりかえし寝床から聞いたような気もしてくる。そんな林をすぐ近くに控えたところに住んだこともない。

枯木の林を渡る風の運んで来る音ではないようだ。風はやんでいる。ついさっきまで霙《みぞれ》が吹きつけていた。その静まったあとの、天が抜けたか、刻々と冴えていく中から、小枝の弾ける音が立つ。遠くまで風の吹き返しのように渡っていく。おそらく樹皮の傷に染みこんだ水滴が氷点の境から、罅を押し分けて氷結する音なのだろう。風に堪えてきたのがいまさら折れて、地に落ちる小枝もある。

羽根蒲団を着せてほしい、もうながくはないのだから、と病人にしきりに訴えられて困った、と郷里の老母を看取ってきた人が話した。もう四十年あまりの昔、羽根蒲団などはたいそう高価な時代のことになる。病院の手前、遠慮もされたのだろう。それでも、せめて今生の思い出にとまで言われればさすがに折れて、工面して着せてやれば、軽くて暖い、極楽だね、と初めは満足そうにしていたのが何日かするとまた、羽根蒲団を着せてほしい、と同じことをくりかえす。これがそれだよ、と手にさわらせても、得心するようでもない。いいんだよ、贅沢はするもんじゃない、昔はもっと寒かったんだから、などと言う。

医者にはかかりたくない、田畑を人手に渡すことになるから、と口走る頃には病院にいることもわからなくなっているようだった。田畑もとうに手放して、今では農家でなくなっていた。住まいも移した。

裏の木戸があいているね、風が出てきたようだよ、と昏睡に入って譫言につぶやいた。見てきてくれとうながすようだった。風に軋む木戸の音は息子の耳にも聞こえる気がした。

しかしわれわれも最後には、昔とどちらが寒いのだろう、と暖い部屋の中でぽつりともらした。その人もとうに亡くなっている。

始発の地下鉄の近づくさざめきが遠くから、まだ地下の内から、この二十何階の高さまで伝わってきて谷間へ抜け、川に斜めに掛けられた橋を渡るのが目にも見えるように聞こえて駅に停まり、やがて走り出してまた地下へ吸いこまれるとまもなく、病室の空調が鳴って暖い空気を送る。それでほっとしてまた眠る。

そんなことを話す病人がいた。始発電車なら早朝の五時過ぎになり、二月のなかばのことなので、夜明けまでにはまだよほど間がある。四時頃になるとかならず寝覚めして、蒲団の下に毛布を重ねていても寒さが染みて、空調の吹き出すのをひたすら待っている。空調は夜も動いているはずで、からだが火照って膝のあたりがくたくたにたるんで手足のやり場もないとこぼす病人もあったが、夜明け前までは出力を落としているらしい。

放射線の治療を受けているという。夜の消灯時間の前に車椅子に乗って談話室にやってくる。ほかの病人たちは夜にも寝間着にカーディガンぐらいの恰好でいるのに、着ぶくれた上に厚いガウンを着こんで、足もとは毛糸の靴下に暖かそうなスリッパでかためて、頭には毛糸の帽子をかぶり、首にも夜道を行くような襟巻をまわしている。その身なりにしては、顔はやつれていない。車椅子を上手に動かして人の間に入り、煙草を取り出してうまそうにふかしながら、話に加わる。

禁煙のまだやかましくなかった頃のことで、そこはわずかに許された喫煙室でもあった。消灯時間の前には各階の病棟からエレヴェーターを使って人が寄り集まってくる。話はそれぞれ途切れがちながら、消灯までの時間の残りを惜んで、誰も席を立たない。話を人に渡そうとするでもなく、人の話を引き取ろうとするでもなく、てんでに夜のつらさをこぼしているのに、おのずとお互いに長く話しこんでいる雰囲気になる。

初めの入院の時には、こんなところにいられるかとあまり騒ぐので、家の者に靴を持って行かれてしまったけれど、今ではここに馴れたわけでもないのに表へ出て行く気力もなくなった、夜になれば家まで帰る道もよく思い浮かべられない、と話す病人がいた。

午後から薬を入れられると日の暮れにはもうからだがきつくて、夕飯どころでなく、生殺しのような眠りをどうにかつないで夜明け頃になると、おそろしくなるぐらいに、腹が減ってくる、と話す病人がいた。この喫煙室の外にある自動販売機をありありと目に浮かべながらしばらくは起きあがれず、ようやく立ってここまで降りてきて、カップ麵を出して手にしたまではいいけれど、ひと口ふた口あたふたと啜ると、臭いは鼻につく胸はつかえるで、もう入らない、ほとんど手もつかずに冷えていく麵を目にするのもいやなのに、毎朝同じことをくりかえすと言う。

痛いのはもちろん御免だけれど、寝ているうちに背中の、手の届かないところばかりが痒くなるのには往生させられる、と話す病人がいた。不自由なからだをくねくねとひねって背中をシーツにこすりつけてもすっきりしないばかりか、こちらがおさまったかと思うとあちらへ飛ぶ、もてあそばれているようで気も狂いそうになることがあったので、家の者に孫の手を買って来させたが、あれで掻いても、届いた気はしないものだな、と笑うかと思ったら暗い顔つきをしていた。

腹を裂かれるというのはなかなか、容易なことじゃない、御本人は全身麻酔のおかげで何も御存知なくても、からだはメスを入れられた時のことを覚えているようで、と話す者がいた。もう十日も経っているのに寝入りばなにどうかすると、手足がつっぱって震えているのに気がつくことがある、歯まで喰いしばっている、と腋から硬くすくめて見せる。

――人間のからだがこうも冷えるものとは、知らなかった。骨まで染みると年寄りの言っていたのが今ではわかるな。

車椅子の病人が受けた。足に靴下をはいたまま首にはスカーフを巻いて寝ていても、夜明けに近くなると、窓ははめごろしで風の吹きこむ隙間もないのに、表の寒さとからだの冷たさとがじかにつながっているみたいに凍えて、と言って始発電車のやがて近づく音のことを話す。その話はもう聞いたよと遮る者はこの室にはいない。

電車が鉄橋にかかってかたかたと鳴ると、がらすきの車内ですくんでいる客たちの顔が見える、始発は暖房が入っても寒いよ、駅に停まって開いた扉から冷えきった空気が押し入ってくる、閑散としたホームへ降りて行く客の姿を見ればよけいに寒いや、暗いうちから出かけるのはそれだけでもさびしいものだ、しかし凍えて耳をやっている自分は、どこにいることになるのだろう、と言う。

——そんな時刻まで眠れれば、もうこっちのものだ。

ひとりがつぶやいたが、話を引き取る者もなく、てんでに表へ耳をやる顔つきになる。始発電車の音にはそれぞれ身に覚えがあるようだ。寝つかれずに苦しんだ末に、夜半にようやく眠りに落ちれば、始発電車の来る頃が寝覚めの潮時のようなものになるらしい。せっかくの眠りにこんな半端なところでまた逃げられた徒労感から、よけいなことを考えそうになる。それでも始発の通る時刻と知れば、とにかく五時間ばかりの眠りは稼げたと思う。また一夜、どうにかしのいだ。あとは夜明けまで眠れても眠れなくてもかまわない。

——また長い夜になるなあ。

しかし廊下から独り言らしい声が立った。うんざりとした声を洩らしながら、足音がそそくさと病室へひきあげて行く。聞いて室の中では揃って仕舞いの一服をつける。

ひとりがいまさら話を引き取った。

——俺は車の音だな。下の道路を走る音が夜中になると高いところまで、すぐそこをかすめるみたいに、あがってくるな。運転する者の気持が音からいちいちわかる。ずいぶん険悪な気分でハンドル握っている奴があるぞ。どこかへ行くか行くまいか、スピードを出しながらまだ迷っているのもある。家に帰りたくない車もある。俺も病院を出たら、夜中にこの下を車で飛ばすことになるのだろうか。上から聞いている病人のことなど、思ってもいまいな。

またひとりがつないだ。

——俺はクレーンだ。この不景気にあちこちで工事をしているんだな。こうして起きている時には耳に聞こえていないだけか。怪獣の、首の莫迦長いやつさ、それが遠くからかわるがわる叫ぶ。寝つけなくていらいらしているものだから、うるせえなと思うよ。甲高いけれど遠くて細い声なのに、一度耳についてしまうと離れなくなる。そのうちにたった一頭が、いや、一羽という感じだな、あちらへこちらへうろついては、寒さに凍えて、首を天へ伸べて啼いているように、あわれに聞こえてくるから妙だ。そばを通ればやかましいだけだろうに。俺のやっていた夜勤も、夜中にこんな遠いところから聞けば、あんなふうになるのかね。よく働いてきたよ。

しかしなあ、とひとりが溜息まじりに、消灯時間が迫ったので切り上げるようにつぶやきながら、話を継いだ。

——あんな狭苦しい、六人部屋をカーテンで仕切ったところに寝かされてさ、仕舞いはいずれこんなところかと思うこともあるけれど、しかし考えてみれば、こんな広い家にこれまで住んだこともない。この三十何階だかの建物の内、ほとんど何処へも、行くつもりなら、行け行けなんだ。救急用の非常口から外へも出られるそうだ。ということは、外からも人が入ってくるということだ。俺のいる病棟の談話室に変な野郎がいてな、頭のほうもすこし駄目になっているらしくて、夜中になると病院の中に人が増える、と言うんだ。夜勤のほうが昼間より、人数が多いわけはないやな。救急車で運びこまれるのも、数は知れてるさ。人が増えるとどうしてわかるんだと聞くと、夜半にかかると、廊下を往き来する人の、息がだんだんに、大勢になるので、と答える。こんなところでそんな話をするもんじゃない、と小声でたしなめたら、それでやっと眠れるんだからありがたいんだよ、皆、そうじゃないのか、とかえって不思議がる。

揃って立った低い笑い声の間から、ひとりがまぜかえすともなくつぶやいた。

——それは不思議ですよ。毎晩、どうして眠れるんだか。我ながら。

——眠れない事情にはこと欠かないのにな。

——今夜はもう眠れないに決まったた、とあきらめたところで、コトンとなったり。

——やっぱり夜中になると病院の内が賑やかになって、それで子供みたいに安心して眠るわけか。

——人の鼾も賑やかになる頃だ。

——あんなでかい音を立てられるとは、人間は蟬よりも凄いよ。

——鼾の掛け合いもあるな。あちこちのベッドから、かわるがわるに。自分もふくめてだよ。聞きながら眠っているんだ。酒に酔ってとろとろと、どこかの唄に手拍子を取っているような。

——でっかい鼾がパッタリと止むことがあるだろう。かえって目が覚めてしまう。息をしている様子も伝わらない。そのうちに、アッアアアー、と喉をしぼるみたいに喘ぐので、これはこちらの心臓こそ停まりそうになったところで、あらためてエンジンがかかったみたいに、いっそう盛んなのが始まる。俺も知らずに同じことをやってるのだとしたら、なんだか人間、生きているのも、たわいもないものに思われるな。

——賑やかなのと、音がまるで立たないのと、どちらが眠りやすいだろうかね。

——音がすっかりなくなることは、ないんだよ。人がいなくなったって。

——やれやれ、また寝なくてはならないか。

消灯時間を告げる若い女の声が廊下を流れた。どうせ昼の内に吹きこんだはずなのに、夜の更けかけた病人の耳には、一日の仕事をしまえて睡気の滴りそうな、けだるい声に聞こえる。見舞いに来てまだ居残っている客たちにも、面会時間が終了したのでひきあげるようにうながし、始めから終りまで同じことを三度くりかえして、テープなので、なごりもなく尽きる。

——お気をつけてお帰りください、か。あの最後のところは何度聞いても、笑いたくなるな。

——俺の階では消灯時間が過ぎて、廊下も静まった頃になると毎晩、吠えるのがいるな。どこかの、いくら何でも個室なんだろうな、寝たきりの年寄りらしいが、声を聞いて人が駆けつけるようでもない。せっぱづまった叫びでもない。ただもう野放図に、一本調子に、半時間ばかりもひとりで吠えているよ。こちらはまだ睡気が来そうにもないので、どうでもいいようなもの。

——ああ、今夜はよく話した。

ひとり着ぶくれた男が、しばらく黙って聞くばかりになっていたのに、いかにも話し足りたような声を出した。

——これなら明日の朝は始発電車の音も眠って過ごせそうだ。

ひとりでうなずいて車椅子をゆっくり後退させ、くるりと回して室を出て行った。つづいて一同、ぞろぞろと立ちあがった。

——あの人、毎晩、同じことを言って帰って行くよ。

誰かが車椅子を見送って首をかしげているようだった。


二月に入って寒気がゆるんで立春も暖かに過ぎ、林から何という名の鳥か、毎年早春を告げるように来て鳴く声も立って、陽あたりの良いところから梅がちらほら咲き出し、きびしかった冬は明けるのも早いかと思ううちに、まもなく寒さがぶりかえした。晴れれば空は春めいて、木の芽もふくらんでいるのに、風はいっそうとげとげしく、若い者なら寒さに倦みながらも肌のむず痒さになやまされるところだが年寄りには、からだが弛められたり締められたりして、あぶない時期だと言われる。梅の匂いがしてきたら、往くよ、と言っていたのがそのとおりになった人もあるとか。

墓場で転んだことがある、とある日の午さがりに、ふいに思い出した。昨夜は雪になると予報されて、未明の三時頃に寝覚めして表をのぞけば雨の中に白いものがちらついていたが、それ以上にもならなかったようで、明ければどんよりと曇って、ただ湿っぽく冷えこむ一日となった。

小学校の四、五年生の時のことだったか。こんな日に思い出したところでは、同じような季節の、同じような天気であったらしい。雨はあがっていたが地面は濡れていた。足を取られた瞬間に目に焼きついたか、やや遠くに立つ樹の、ちりちりと曇天を突く枯枝が今になって見えた。

午後からの授業に必要なものを忘れてきたことに昼休みも残りすくなくなった頃に気がついて、家に取りにもどった。校門を出て寺の石段を駆けあがった。いくらかは近道になる。本堂の前から裏手へまわり、墓地を走った。もうすこしで墓地も抜けるところだった。ぬかるみに足をすくわれ、もろに前へのめって倒れた。顔と胸はとっさにかばったが、掌と膝とをしたたかに地面にこすりつけた。息の詰まりそうな痛みにベソを掻くひまもなく、跳ね起きてまた駆けた。家に着いてもこびりついた泥をさっと拭っただけで、すぐに走り出た。

午後の授業には間に合った。昼間は打ち身のことも忘れていた。夜になり寝間着にかえる時に見れば、膝から臑《すね》にかけて赤い掠り傷ができていた。翌朝、高い熱を出した。リンパ腺が腫れて、夜には熱にうなされた。悪い黴菌が入ったのではないか、と母親は心配した。そこの寺の墓石のひとつに、表は仏式なのに裏に、また逢ふ日までと彫りつけたのがあり、讃美歌のことなど何も知らぬ子供にはいつ見ても薄気味の悪い呪文に聞こえた。さいわい、転んだのはそのあたりではなかった。

三日も寝ると熱はすっかり引いて、脚の傷も目立たぬほどになっていた。空襲と疎開の頃から腺病質を持ち越して、怪我をすると熱を出しやすい子供ではあった。栄養不良のせいだったのかもしれない。

ある日、三人の客が訪ねてきた。父親が通りかかった子供を指さして、この子は近頃、墓場で転んで熱を出しおって、縁起でもない、とその経緯《いきさつ》を話した。そういうことは縁起の悪いのがきわまれば、先行き吉《よ》いほうに転ずるもので、と客の一人が取りなした。墓場で転んで、ハカユキがよいか、と一人がまぜかえした。するともう一人の客が、墓場で転ぶと後年、廓《くるわ》がよいに熱をあげるようになるとか、どこかで聞いたな、と言った。墓と廓とは、たしかに縁がある、と一同、声を立てて笑った。

通りがかりにいきなり話題にされたので、中途半端なところに立ち停まって聞いていた。廓とは何か子供の知る由もなかったが、大人たちの笑う顔から、あやしい見当のことだと察しはつく。あそこの墓場は陽気がよくなると男と女が夜に来て、墓の陰で寝るんだ、と中学生がいつだか教えた。与太話と聞きながら、その寺から通ってくる同学年の女の子のために、こだわった。男女の寝るということがどういうことか、ほんとうのところはわかっていなかったようだが、やはり近隣にあって戦争中には火薬庫に使われていた広い荒れた林の中の、草の生い茂った防空壕の跡で男女の、何かをしているらしいのを目にしてしまうことはあった。草むらから立ちあがったのと顔をつきあわせそうになることもあった。白昼から男も女も暗い目つきをしていた。

その墓地を抜けて細い路をもうすこし先に行ったところの、屋敷は空襲で焼かれて家まわりの椎やら樫の残った空地で女が殺されて、土に埋められるということがあった。顔にバケツをかぶされていた。近間の割烹の仲居だった。妊娠していた。雨の夜に敷地の一郭が蒼く光るようだと人の届けたのが、発見のきっかけとなったと言われた。犯人はすぐに割れて捕まった。あんなところで寝て、孕ませて、殺して埋めたのか、どういう間違えだ、見つからないとでも思っていたのだろうか、と人がつぶやいていた。焼け出された者たちが同じ屋根の下で襖を隔てて雑居する時代だった。

廓と言われて、子供は何のことともわからなくても、言葉を聞いて想像がまったく空白ということもない。そんな家を漠と浮べた。遠いところにある。それでも歩いて行く。たったひとりで行く。町はずれを抜け、野良を分けて吹きさらしの道をたどり、芯まで凍える頃に、枯木の林の間から灯が見えてくる。ひと気も洩れぬ大きな家は、内に入ると隅々まで暖められている。その温みにつつまれて凍えがほぐれるにつれて、手足がせつないほどにだるくなり、熱が出てくる。ひと晩、うなされる。そして夜が明けると、さっぱりとして帰る。昨夜は見えなかった墓地のそばを通りかかる。

あんがい近い所に、この町の内にもそんな家が隠れてありそうに、思われることもあった。日の傾きかかる頃に風に身をすくめて通りかかった角から、もう暮色の降りた路地へ目をやるとその奥に、ひときわひっそりと閉ざした格子戸が見える。その辺も知った界隈で、格子戸の家は近づけば大きくもなくて、そのすぐ裏手からまた家が建てこんで隙間もないことはわかっているのに、焼け残った一郭で古色が淀んでいるせいだか、その格子戸の内から暗い廊下を通って幾間もの部屋が並んで、ひろい座敷もあり、中庭も見えて、なにやら甘い匂いが路地まで流れていたような、そんな気が角を通り過ぎたあとからしてくる。

大人たちの言う廓というのは、墓場とくっつけて笑っていたところでは、この辺の町のあちこちにあるのかもしれない、と夜更けの寝床の中で、打ち身のかすかに疼くのを感じながら思った。寺の多い町だった。坂も多かった。暮れ方に遠くから帰ってくると、上り下りに膝がひだるかった。坂の途中で風が埃を巻きあげて寄せ、痩せたからだを吹き抜ける。しゃがみこみたくなることもあった。そんな急な坂ばかりでなく、都電の走る道路を高台の尾根として左右へゆるやかな、昼間にはどうかするとそれとも見えない下り坂が家の間を分け入っている。あの路地も奥へかけてわずかにさがっていた。子供はくたびれて帰る時にはしばしば表通りをはずれて、もう暗くなりかけた頃でも、まがりくねった細い裏路に入る。かえって遠まわりになり、均らせば高低に変わりもないのに、そうして上り下りを紛らわす。

荒れた生垣の間をなだらかにつづく路の先のほうに、翳を溜めたところが見える。路のゆるく折れるあたりになり、通り過ぎる時には窪地とも感じられないのに、しばらく行って振り返ると、同じ翳を溜めている。昼間には見た覚えもない小さな門か木戸を、眺めて通ってきたような気がする。そのあたりからいきなり人の影が涌きあがり、あたりに街灯もない夕闇の中でその輪郭がくっきりと、蒼いように浮き立ったのに驚いて、追いつかれまいと小股の足を急かせると、ここもかなりの上り坂だった。

いつ見ても戸窓を閉ざしている路地奥の家を指さして、あれはお妾さんの家だ、と子供に教えた大人がいた。路地はいつだかのぞいたところと同じに、やはり奥へかけてわずかにさがっていた。お妾さんとは、ひとりひっそり暮らす老女のことだ、と子供はなぜだか思いこんだ。

風も静まってただ冷えこむ夜にようやく温もってきた寝床の中から、父親たちの話して笑った廓とは、この町のあちこちにあるとしても容易には見つけられなくて、坂を上ったり下ったり、裏路を行ったり来たり、しるしを見つけるまで歩きまわるのだろうか、とまた考えるうちに、暗い道の果てに揺れる赤い灯が見えて、熱の匂いがふくらんで、そしていきなり火事を思った。思った時にはもう大火になっていた。町の八方から、家並みの影をくっきりと浮き立たせて、火の手がまっすぐにあがっている。天も一面紅く染まった。それなのに、町は寝静まっている。叫ぶ声も駆ける足音も一向に立たない。

――これは夢だ、いいか、夢だぞ。

たしなめる年寄りの声が聞こえた。何人かが物干しのようなところに出て寒さに震えながらただ眺めているようだった。

――そうだ。夢には違いない。あれだけ盛んな火の手なのに、燃え移って行く様子も見えないからな。

――火の手のすぐ下も、燃えているんだかいないんだか。

――このあたりはもともと、風向きが変わらなかったらひらたく焼き尽されていたところだったからな。夜にはとうに焼野原になっているのを、人は知らずに眠っているんだ。

――焼跡なら、焼けようもないやな。

――それにしても、火の元は何だ。あちこちからあれだけの火の手があがるとは。

──だから、言っただろう、夢だと。あちこちの家で人の、狂った夢から火の出ることはあるのだ。

先の年寄りのまたたしなめる声がして、一同、寒さに堪えかねて家の内へひきあげるようだった。

──凍てついた夜に男と女が間違えて熱くなれば、それは火の元さね。

──人のせいみたいに言うけれどお前こそ、火の元ではなかったのか。そんな顔して出てきたぞ。

戯れがかわされて、人のけはいはなくなった。

それでは、明日の朝になればすっかり忘れて、夜更けになるとまた、たいていは眠って知らずにいても、火の手はあがるのだろうか、と子供はそんなことを考えながら、表の通りに沿ってひとり、靴の底に打ちつけた鋲をひきずり、咳ばらいをまじえて遠ざかる足音へ耳をやった。

水の凍る声ならよくよく知っている、冬のたびに寝床の中から聞いていた、と思われるのはすぐれた古い句の喚び起こす個を超えた既知感であるらしく、実際にはこれももう六十年近くも昔のことになるが、石油ストーブというものが普及したのを境にして、冬場の家の内の暖かさはそれまでにくらべれば、別天地のごとくになった。寝起きの寒さに命のあやうさを覚えさせられることは、以来、絶えて無くなった。結核の特効薬とやらの出まわりかけた頃でもある。

今の石油ストーブからすれば油臭いものだったのだろうが、芯の環の燃えるのを、石油からこんなにも綺麗な炎が立つのか、と眺めたものだ。朝早くに母親が起き出して点火しておくので、蒲団の中で愚図つくのも部屋の寒さに臆してではなくて、二十歳に近い身体の、覚め際の甘い妄想のなごりをもてあましながらそれにふけってのことだった。テレビはまだ家に入っていなかったが、簞笥の上のラジオから、民間放送はとうに開始されていて、折から燈油のコマーシャルソングがくりかえし流れる。幼い女の子の、舌足らずの甘えた声をつくっているが、年頃の、おそらくそれよりも熟した女の、喉を詰めた声と聞こえた。今ではよほど一般となった発声だが、あの頃がはしりだったか。

不完全燃焼の油の臭いを嗅ぐとなにやら郷愁めいたものを覚えるから、われわれの育ちも育ちだな、と酒場の夜更けにどこかから漂ってきたそれらしい悪臭に触れてつぶやくと、そばにいた同年配の男が、見れば涙ぐんでいる。どうしたんだとたずねると、何だかわからん、涙に聞いてくれ、と答える。

今そこにあるように浮かびかけたのだが、いつのことやら、どこのことやら、誰といたのやら、思い出しようもない遠い昔のことでもあるようで、と言った。

たしかに、老年の身に寒さは思い出せもしない昔をすぐ近くに呼び寄せかかることがある、とある夜、ひとりでうなずいた。雨水《うすい》の節気も過ぎて、また連夜、冷えこんでいた。林に水の凍る声こそ伝わらないが、老骨が節々で細い罅に喰いこまれてみしみしと鳴るような、その感覚がすでに、遠い記憶に似ている。凍える子供の傍を通り越して、いつともどこことも知れぬ境へ抜けて行きそうになる。それでいて、今ここでもある。昔と言ってもそのつど今ではないか、とそんなことを思った。

緩もうともしない寒気に梅の匂いが漂っている。あの匂いのしてくる頃から、本格の空襲が始まった、思いも寄らぬ焦土作戦だった、と語る声がした。すでに起こったことであるのに、予言の口調に聞こえた。炎上の只中に立って炎上を予言する影が見えた。あれから半年足らずの間に本所深川から川崎横浜までふくめて失われた十数万の命は、出征や疎開ですでに減少していた人口の、何分の一にあたるか考えれば、生きながらえるということもそらおそろしいことではないか、と咎める。言われてみれば、ここで寒がっている年寄りも、その何分かの一をたまたま免れたその果てになる。しかし早晩避けられぬ末期の譫妄の中で、もしもまた紅い空の下で逃げ惑ってやがて追いつめられたとしたら、あるいは防空壕の底にうずくまって頭上から落ちかかる敵弾の切迫に、刻に刻を刻《きざ》んで、息を詰めているとしたら、それよりほかの現在はあるだろうか。

むごかった、むごかった、と現在を過ぎたことに言いなして、怯えきった子供を抱きしめるか。子供がたったひとりでお膳に向かっている。ちんまりと行儀よく坐って、泣き濡れたようにうなだれ、箸をたどたどしくつかっている。古ぼけた大きな家の、台所の脇の小間のような所らしい。軒に日が翳りかけて、あたりに人の気はない。火の気もない。

こうもしおれているのはいかにも、御飯を頂いているという図だな、腹をすかせて泣いているところを親切な人に拾われて連れて来られて、ありあわせの物を恵まれたか、とその姿を眺めた。それにしては餓《かつ》えたような喰い方でもない。小皿の煮豆をひと粒ずつ、幼い箸づかいながら丁寧につまんでは口へ運んでいる。丼にかるくよそった麦飯にかぶりつくでもない。すこしずつ口にふくんで嚙みしめている。それにつれてまた一段と深くうなだれる。

なさけない喰い方だと目をそむけかけて、それはな、あまり腹をすかせると、飯にありついても、物の臭いが鼻について、喉の奥からも押しあげて、にわかには掻きこめぬこともあったからな、その飯もすこし饐《す》えているのだろう、と自身の子供の頃のことを思い返しながら、しかし俺もそばについていてやれなくて、恐い思いもひもじい思いもさせたが、人さまに残飯を恵んでもらうほどのことはなかったはずだぞ、と親の身になっていた。お前もそんなにしおらしい子供でもなかった、飯の時に茶碗に箸を盛んに鳴らすので、餓鬼を呼び寄せると叱られていたぞと笑って、餓鬼道に迷って人の家の軒先まで出て来るあわれな者たちのことだとつぶやき返すと、こちらの影のほうがなにやら薄くなってくる。子供はいよいよひとりきりになり、膳の前にうつむいている。

風が吹き渡り、ひとしきりして静まったあとから、枯木の小枝の弾けて折れる音が伝わり、お前ね、そんな居候の、あわれっぽい癖がついてしまって、後年、女とさしむかいにどんな顔をして喰っていたのだ、どんな顔をして抱いたのだ、生まれた子たちと食卓に就く時もその顔でいたのか、と歳月もわきまえなくなり、悔いのような念が押しあげる。

どこの年寄りだか、幼い頃からやかましくしつけられたものらしく、老いさらばえて、落ちぶれて、すっかり意気地をなくして薄汚いようになっても、飯を喰う時だけは、悪びれたようでどうして堂に入った、いかにもありがたいお膳をはばかりながら頂戴しているというふうな、かしこまり方を端々に見せる。それで人にあわれまれ、そしてまた、是非もなく、うとまれる。

この子の飯の喰い方は何と言ってもいとけなく、大人びてしかつめらしいところもなく、ただあわれっぽいようで、よく見れば、涙はとうに引いて、内ではもう何も、喰うほどにつのるひもじさのほかは何も感じなくなるにつれ、姿ばかりがひとりでに、悲しくなっていくようではないか。

そんなふうにしていたとは本人も知らずに、生涯にわたって残る姿というものもあるか。記憶にもならないので、過ぎ去りもしない。酒や肴を取り散らしているその間にも、どこかにかわらず居る。ひっそりとうなだれて御飯を頂いている。

子供がふっと顔をあげた。箸を持つ手もとの暗がりから白い軒を見あげた。誰もいない。その目にやはり涙が差すようでもなく、またうなだれた影がよけいにさびしくなる。

お前は生きているのか、もう死んでいるのか、それともまだ生まれていないのか、どうしてそんなに、今なのか、と声に出して問い詰めそうになった。

こんなことになるのなら、いっそ生まれて来なければよかった、とそう思った瞬間もあったからな、とようやくあわれんだ。

八ッ山

春がすみたてるやいづこみよしの丶、と詠まれる。暮れごとの命にかすめ鐘の聲、などとも詠まれるが、一体、春の風の荒い関東の、大都市に生まれ育って、霞というものを自分は知っているのだろうか、と疑われることがある。考えてみれば子供の頃には山の手のあちこちの高台もそれぞれにまだ山の面影を遺して、春めいた日には遠くからかすんで、とりわけ高台のかさなる、山の峡《かい》にあたるところに霞が立ちこめたように思われる。青年期にかかる頃には、日が高くなるにつれて上空へ、工業地帯から黄色い霾が見る見る押し出してくる。その後十何年もして、空はよほど澄んだようだが、さて、春ごとに霞に感じたかどうか。大方、土は覆われ、川やら沼やらの、水がふさがれれば、霞は立ちにくいのだろう。あるいは、人の心にかかわることか。

三月の一日に西の風が吹きつけ、ときおり突風になって砂塵を巻きあげ、終日吹いて夜にはおさまり雨が降り出した。部屋の内がこころもちざらついたが夜に掃除機をかけるほどのこともなく、からだの節々がけだるくなるような生温《なまぬる》さでもなかったが、春一番と伝えられた。それからもたいして春めかず、北日本では暴風雪に襲われて凍死者も出たということがあった後、何日か暖い日が続いて、三月の十日になった。

その日は午前中から風が吹いて空は埃に濁っていたが、それなりに晴れていた。それが午後の二時前から、部屋の内が急に暗くなり、荒い風が窓を打つので、季節はずれの夕立かと思って表をのぞけば、あたり一帯、見渡すかぎり、灰色にけぶって、眺めるうちにも黒っぽくなる。まるで遠くの大火の、煙がここまで寄せて立ちこめているようにも見える。関東の春先にはあることだ。昔、畑の縁の小さな借家に暮らしていた頃には、畑を渡って吹きつける風の中で、朝から雨戸を閉ざして、握り飯をこしらえ、息をひそめるようにしてすごしたことが幾度かあった。赤ん坊の眠る寝床の真上の天井には古敷布を張って、天井裏に吹きこんだ土の降りかかるのをふせいだ。そうして夜になり風が変わって雨の降り出すのを待って掃除にかかり、バケツに一杯分ほどの黒土を集めたものだが、しかしあたりがこんなに暗くなったことはなかった。

異変の雰囲気がある。一昨年の三月十一日の大震災は雲の低く垂れる午後のことだった。夜になり、津波の寄せる映像がくりかえし送られてくる頃には、悪い風が吹き出した。さらに六十八年昔の、十万にもおよぶ犠牲者を出した本所深川の大空襲の三月十日と、因果を思わせるように、日付が重なる。あれは未明の惨事だったが、午後になっても黒い煙霧がそれこそ見渡すかぎりの焦土と、死者たちの上を覆っていたはずだ。

天は雲にふさがれてはいないようで、かすかに光が差しているらしく、黒い煙霧はところどころで紫がかり、そのままさらに濃さをまして、すぐむこうの建物もいまにも隠れそうになり、火を内にふくんだ家々の、一斉に燃えあがる直前の静まりもこんなものだったか、と思えば刻々を追うのも苦しくて、戸を閉めて部屋にこもり、日が暮れて風がおさまり雨の降り出すまで辛抱して待つ心でいるうちに、半時間もするとまた急に明るくなり、風もよわまり、陽が差して、煙霧はいつかあがっていた。風はどこからあれだけの土を運んで来て、短い間に落として行ったのか、過ぎてみれば面妖に思われた。

明日にでもまた土あらしが寄せて来るのではないかとおそれるうちに数日して妙に暖い陽気になり、この時期に狂ったような夏日もあり、彼岸の入りの前日には桜の開花が伝えられ、まやかしの陽気に九段の一輪咲きが先走ったかと思っていると、翌日には家の中庭の桜もちらほらと咲き出して、彼岸の中日には六、七分咲きになり、彼岸の明ける頃にはたちまち満開となった。

どうも、あまりの咲き方だな、と朝夕もてあまし気味に眺めた。一輪ずつ光に匂うというふうではなく、樹いっぱいに、ボッテリと塊まって咲いている。これではのどけきも、はかなきも、あったものではない。まるで白い病いだ。もっとも、家の中庭の花などと言えば、いかにもひそやかな光景に聞こえて、ときおりはたそがれ頃に目もいくらかかすむのかそんな気分になることもあるにはあるが、実際には十一階建ての二棟の集合住宅にはさまれ、なかばは鋪装されて駐車場も並ぶ、つまりは公共の場であり、花も立場を心得て盛りあげて咲いているのかもしれない。

およそ四十五年昔のここの新築の際に若木として植えられたので、樹齢は五十年に及ぶ。今では四階ほどの高さになる。根もとからさほど隔たっていないところで幹がふたつに分かれ、その先も幾度にもわたり枝分かれして、平穏な所に根をおろしたにしては詰屈した姿を見せている。

おそらく若木の頃からたびたびのビル風をしのいでひずんだ樹形の不均衡を、枝を荒く分けることによって取りとめてきたものか。

近年ではその樹形に年々、まだ壮年期にあるはずなのに、老木めいたところが出てきた。風の寄せる方へ向けて長く張った大枝が、その重みで高く伸びることもならず、小枝も分けられず、垂れんばかりに太くくねる。あるいは瓦礫などを放りこんで埋めこんだ建築現場の跡に植えられて、根差しからして屈曲しているのかもしれない。根差しは樹木にとって運命にほかならず、運命は樹形にあらわれる。そして尚早に老いを見るにつれて、花はいよいよ盛んに、ボッテリと咲く。

今年は寒さがいつまでも続いて、いつ果てることかと思われる頃になり、三月の中旬に入って土あらしの後から急に暑いほどになり、三寒四温らしいものもなく、春先の穏やかな日の暮れには枯木の樹皮が艶を帯びて見えるという順も踏まず、冬枯れのままに、陽気の急変に驚いて、花が一斉に押し出されたか。北国の花は色濃いとも言われる。しかし近年、花の順調だった年は、春風駘蕩の中で匂うような花の盛りはあっただろうか。いや、三十年ほども昔から、前へ前へと押してきた世の流れが淀んで、人の欲求が取りとめなく、振舞いも締まりのないようになるにつれて、花ばかりが旺盛に、どぎついほどに咲くようになったように思われる。

早くに咲き盛った花は脆くてすぐに散るだろうと見ていたところが、まもなくまた天気が変わり、雨がちになり気温もさがり、花はいまにも咲き崩れそうになりながら、冷気に凝って一向に散ろうともしない。夜に眺めていると、息を吸うたびにこちらの肺の内にも白い影が繁茂していくように感じられた。そのまま三日も置いて、また雨が降って肌寒い日の、暮れ方の雨間に家を出て表を見渡せば、遠くに霧が立ちこめて、晩秋の炭火の匂いが漂いそうなその奥から盛りの花と、すでに始まった樹々の芽吹きとが、なにやらほのぼのかすむようでもあり、これも春霞のうちか、と眺めた。夜になり、悪い天気が続いたが今日あたりが満月になるのではないかと暦で確めるとまさにその、きさらぎの望《もち》にあたっていた。空はひきつづき雲に覆われて月は見えなかった。なまじ月影が差せば、花はいよいよボテボテと、それこそ病いのようにふくらむのではないかと思われた。

しかし翌日から天気はなおり、黄砂が降るとも言われたが空はかすんで、夜には薄曇りの中に望を過ぎた月がおぼろにかかり、花はいよいよ散るばかりになって咲き静まった。ときおり風が渡るようで、花びらがゆっくりと宙に舞う。そのつど目で追えるほどのわずかな落花で、月明りも花びらを照らすほどでなかったが、月に散る花はこの世のものならで、と古人の句が浮かんで、《この世のものならで》とは物の形容でもなかろうな、この世の外へ通じる路が折りにつけすぐ目の前に見えた時代の心に違いない、しかしこの自分にも、つい二十代の頃まではそんな路が町のそこかしこに見えていたのではないか、とそんなことを考えた。

とにかくようやく花の盛りだと思った。

品川の八ツ山という地名はずいぶん古く室町の頃からあったと聞くが、八つの山という名はどこから来たのだろうか。おそらく、今では高輪台と呼ばれて伊皿子《いさらご》あたりから北品川まで続く台地が、子供の頃にたどった足にゆるやかな起伏をくりかえしていたところでは、昔は山続きであって小さな峯を八つほどつらねているのが海岸のほうから、とくに入江の橋の上から見えたのではないか。あるいは海岸が山際近くまで迫ってそんな見晴らしはきかなかったとすれば、沖を行く舟からの眺望であったのかもしれない。山並みの西のはずれの御殿山も八ツ山のひとつに数えられて、その奥から島津山の影もわずかにのぞいていたか。

八ッ山橋を渡って旧街道に入ると右手に遊郭の名残りがあり、それを見て左へ折れ、運河に沿った路に入る。とたんに空気が変わる。磯と溝と油と、なにやら糞尿のような臭いから成る。運河の水は黒い。右手は片側町で、左手の運河には舟が繋がれ、向こう岸に釣宿が何軒か並ぶ。その路のはずれからまた橋を渡る。天王洲のうちになるか。もう一度橋を渡ったかどうか今でははっきり覚えもないが、やがてひと気もないひろい埋立地に出る。その果てに倉庫が並ぶ。こんなところをひとりで歩いていて、もしも襲われて海へ放りこまれたらそれきり行方不明になると思われた。当時の埋立地はその辺で尽きて、倉庫の列をまわりこむと埠頭に出る。その先は正面あたりにお台場のひとつを浮かべた海になる。岸壁にもたれて、やや沖で動くともない汽船を眺めた。煙突に描かれた標《しるし》から海運会社の名を読めるようになっていた。中学の三年の残りの春休みのことだ。

敗戦から年月も経って、海はすでに汚れていた。黒さも臭いも運河の水と変わりがない。野菜の切れ端やらさまざまな物の破片やらの波に寄せるその間に漂う水母《くらげ》の傘も薄黒く見えた。その水母にしてはばかに長いものが流れてくるのをよくよく見れば、当時は衛生サックと呼ばれた、コンドームだった。おそろしく太い物に見えた。岸壁のあちこちに点々と腰をかけて、平日の真っ昼間から、釣り糸を垂れる男たちがいた。ダボハゼやカワハギはいくらでも掛かるが捨てるという。もっと大きな魚をねらっているらしいが、釣りあげても家へ持って帰って食べられるだろうかとあやしまれる水の汚れだった。

そうして人の釣りを眺め沖の汽船を眺めて、何をするでも思うまでもなく、春の日が傾いて、黒い海面が赤い光を流す頃に、埋立地が暮れぬうちにと埠頭をひきあげる。帰り道は遠く感じられた。実際に往きに思ったよりも距離はあるようで、運河沿いの路から旧街道に出る頃には、暮色の深くなった軒の下に蒼いような化粧をした女たちが、洋装和装まちまちに立ち並んでいる。客の通りかかる前の腹ごしらえにふかし芋を、口紅の濃い唇をすぼめて食べているのもあった。そのあたりから足を速めて右へ折れ、まもなく八ツ山橋にかかる。橋を渡れば家まで中学生の足で十分とかからない。

晴れていれば毎日のように埠頭まで通ったものだ。午前中には今日ぐらいは家に落着いているつもりなのに、午食を冷飯と漬物ぐらいで済ますと、とたんに身のやりどころもないようなけだるさに苦しんで、日の暮れまですごしようにもなくて、いきなり家を出る。橋を渡るまでは毎日同じことを何が面白くてくりかえしているのかと投げやりに足を運んでいたのが、旧街道を折れて運河沿いにかかり、磯と溝と油と、糞尿のような臭いを嗅ぐと、なにやら懐かしいように、身も心もほぐれる。日盛りの中で路も路らしい陰翳を溜めて、足を先へ先へと誘う。埠頭では春の長い午後を退屈もせず所在なさに苦しむこともなく、岸壁にもたれて眺めていた。運河の岸のどこであったか、桜の若木が一株だけひょろりと伸びていて、それでもわずかながら花をつけるのを、三分咲きから七分から満開になってやがて散るまで、通りがかるたびに目をやった。

あの春の、あのけだるさは何だったのだろう。食料は敗戦すぐの頃にくらべればまがりなりにも足りるようになっていた。十四、五歳の少年にも、人生の端境の倦怠というものはあるものだろうか。思春期の鬱屈とも違った。その前の年の秋に八ッ山橋の近辺の、御殿山の高台のはずれに越してきていた。古ぼけた安普請の家だったが、敗戦後七年にして、間借り暮らしからのがれたことになる。戦中の空襲から戦後にかけて何かと心身を傷めつけてきた少年にとって、人並みの住まいに移ってひと冬越し、陽気がよくなったそのとたんに、弛緩の疲れが一度に出たか。世の中もどうやら平穏のほうへ定まっていくらしい春に、戦後まで抱えこんできた恐怖心がはぐらかされて、身の置きどころもないようなけだるさとなり、埋立地の方へ惹き寄せられたか。しかし、おかしい。あの界隈に越してきたのは、中学の三年生の秋だった。そして翌年の春は、二月の末から四月の花も散る頃まで、病院にいた。

虫垂炎をこじらせて腹膜炎にかかり、生死の境まで行った。高熱と間断もない腹の疼きにうなされるうちに、魂が抜け出したようにひとりで家路をたどり、家の近くまで来ては腹の疼きに目を覚ますということをくりかえしたが、夢の中でも品川の埠頭まで行ったことはない。春の彼岸の頃には痩せ細ったからだで蚊トンボのように病院の廊下をふらついていた。退院の後は第三次募集でかろうじて間に合った高校へ通うのに精一杯だった。体力がすっかり回復した頃には夏にかかっていた。その頃にはあれこれ本を読むようになり、ひとかどの青年になったつもりで、埠頭まで汚い海を見に行こうなどとは思わなくなっていた。その後も、八ツ山橋を渡ったことはないはずだ。

それ以前の、中学の一、二年生の頃には幾度か埠頭まで行ったことはあるが、あれは八ッ山辺へ越す前のことであり、目黒にもう近いところからのだいぶの遠出になり、日曜日に友達二人と誘い合わせてのことだった。自転車もなく、昼飯の蕎麦代を握りしめて電車賃も惜しんで歩きづめだったが、三人して話し戯れながら行けば道中苦もなかった。一人で行ったことはない。となると、晴れていれば毎日のように橋を渡って運河沿いの路をたどったと思われる春は、まさか大人になってあの界隈と縁も切れてからのことではあるまいから、どの年にもはめこめない。偽記憶としなくてはならない。それでも、運河沿いの路に入ってほぐれて歩む少年の、背つきが目に浮かぶばかりか、のどかな春の日に暖まる心地よい痒さまで添ってきそうになる。偽記憶としても、年月を経て熟している。

いつ頃からそんな記憶がつくられて、ひとり歩きをするようになったのか。老年に入りかけてからだと思われるが、その境は曖昧である。還暦が過ぎたばかりの頃に、酒場に居合わせた同年の知人と、たまたま品川近辺の話になったことがある。団地という言葉はもうすたれたのかもしれないがあの団地式の建物は、あれは戦前にも少数あったそうだが、戦後のいつ頃から立ち並ぶようになったのだろう、という話題が始まりだった。それについて私はいささかの証人になれる。あれは昭和の二十五年の、私が新制の中学に上がった春には、学校の裏手の高輪の台地に、その式のものが幾棟も並んでいた。まだ団地という言葉を知らずアパートと呼んでいたが、アパートにしては表から眺めても裏から眺めても、各階の部屋を横につなぐ廊下らしいものも見えず、一体、人はどこから出入りするのかと不思議がっているうちに、ある日、そこの住人でもないのに勝手知った顔の友達が、それじゃ見せてやると先に立って階段を駆けあがるので、あたふたと従いて行くと、踊り場の左右に家の扉のあるのがようやく知れた。よくも狭いところにおさまったものだと感心するうちにも友達は脇目もふらずに階段を昇り、たちまち屋上へ抜けた。屋上からの眺めはまるで別天地だった。あらかた焼き払われたはずなのに、遠くへかけて樹々の芽吹きがつらなり、遅咲きの花もまじって、その果てに品川の海が春の日のもとに淡い青に霞んでいる。焼跡ばかりか樹木まで灰をかぶったようなところに住み馴れた子供にとって、眼を洗われる爽やかさだった。

しかし品川の海はもうだいぶ汚れていただろう、と相手は受けた。やがて八ッ山橋の話になった。あの橋を渡って左へゆるくさがると運河の岸に出たな、と言うのを私は聞いて、それまではお互いに昔多少知った土地のことを通り一遍に話していたのが、ゆるくさがるのひと言で、運河沿いの風景が一度に深い既知感を帯びて目の先へ伸びた。国道からして車の吐き出す油煙がもうひどかったけれど、運河の岸に来ると一段と濃い臭いだった、と相手は言う。それにしてはのどかに舟が黒い水に浮かんで、向こう岸の一段と低くなったところに釣宿が表戸をあけひろげて、ゴカイあり升《ます》という札が宿ごとに貼ってあった、と。さらに言う。暮れ方に引き返してくると、あれは旧街道になるのだろうな、その辺では大きな家の深い軒の下に女たちが立っていたな、薄明かりに黒い隈取りのように見える厚化粧をして、バナナを口に押しこんでいるのもいた、つい眺めたら、お兄さん、と声をかけられて、あわてて背を向けて逃げた、まだ中学三年の、高校へ上がる前の春休みのことだぜ……。

あなたは、あの界隈か、と私はたずねた。いや、中野のほうだ、と相手は答えて、あなたこそ、高台の団地の屋上から品川の海を眺めたと言うからあの辺か、と返した。中学三年から五年ばかり、八ッ山橋の近くの、御殿山のはずれに住んでいたので、と私は答えて、なにやらお互いに相手の臭いを嗅ぐようなふうになったので、それ以上は言いそびれた。

あの運河のほうへは幾度も行ったのだろう、としかししばらくして私はまたたずねた。一度きりだ、後にも先にも、と相手は答える。何をしに行ったのだ、と私は踏みこんだ。すると相手はしばらく黙って、やがて話題をあらためるようだった。

空襲ではぐれた浮浪児たちの中には、よほど恐ろしいものを見たのだろう、それ以前の記憶をすっかり失ってしまう子がいたと聞いた、と言う。親のことも、住んでいた所も、年齢も、そして名前も、つまり何処の誰であったか、思い出せない。そのまま成人して、職に就いて世帯を持って子供も育って、高年に至っても記憶はもどらないそうだ。どんな生き心地だろうか。自分はそんな悲惨な運命にはなかった。まずは人並みに還暦過ぎまで来たと思っている。それなのに五十を過ぎてからときおり、自分にはあの春の、八ッ山橋を渡って行った、それ以前の記憶が欠けているような気のすることがあるようになった。そんなことはないのだ。幼少の頃とやらの記憶は、そのつど辻褄もないような、その場限りの断片ながら、あれこれ浮かぶ。この点でも人並み、たいていの人がそうなのではないか。しかし今でも、自分が何処の誰であったか、ほんとうのところは知らないくせに、長年そのことを黙って家の者たちと暮らしてきたような、そらおそろしさを覚えることがある。自分のものと思われぬ怪しげな夢を見たその後の、目覚め際のことだが。

そしてまたしばらく間を置いて、母親に会いに行った、と答えた。

その場では私も問いを継ぎかねて黙りこみ、その続きを聞かされたのはそれから三年ほどもして、いまどきそんな話のできる場所はめったにないもので、郊外の寺でいとなまれた人の通夜の、たまたま一緒になったその帰り道になる。最寄りの駅までに折れるべき角をはずしたらしく、間違いに気がついた時にはだいぶ遠くまで来ていたようなので、引き返すのも面倒でいっそ次の駅まで、電車の走る音の伝わるのを方向のたよりにぶらぶらと歩き出した、顔を見合わせなくても済む道々の話だった。

あの八ツ山橋の先な、とむこうから切り出した。あなたはいろいろと、思い出すことがあるようだな、とたずねた。幾度も埠頭まで行ったもので、まだ中学三年の春休みにと私は答えて、じつはあの三月の末には中学の卒業式にも病院から行って病院に帰ってきたことを、すでに忘れていた。俺にとっては一度かぎりの、縁もないような土地だけど、と相手は言った。

ただ、母親がその頃、これもいっときのかり住まいだったそうだが、あの運河に沿った町の、裏手のほうに住んでいた、と言う。遠い土地へ行ってしまうので一度だけ顔を見たい、といまさら手紙で泣きついてきたので、これきりのつもりで会ってこい、と祖父に言われて、何も考えずに午前《ひるまえ》に家を出かけた。品川まで電車で来て駅の近くの蕎麦屋に入った時には、ほんとうに母親のところに行くつもりだったかどうだか。探したけれど見つからなかった、と帰って祖父母に話せば済むことだが、それにはまだ陽が高すぎる。蕎麦を喰い終ると、母親が手紙に添えてよこしたおおまかな手描きの地図をもう一度さっと見て、とりあえず八ッ山橋のほうへ歩き出した。

運河に沿った路に入ると、春の陽気のせいだが、膝がけだるく、気ままな足取りになった。国道の騒がしさから切り離された中に、町工場の音だか、細かいざわめきがこもっていた。水と舟と釣宿のほうへばかり目が行って片側の家並みはおざなりにしか見ていなかったようだった。地図には太く記されている路地らしきものも見あたらずにいるうちに、運河のはずれの橋まで来た。引き返して探しもせず、橋を渡って埋立地に入った。

行けども行けども尽きそうにもない埋立地のひろさよりも、いくらゆっくり歩いても傾きそうにもない日の長さをもてあました。祖父は母親に葉書で返事を出して、今日の午後の一時過ぎにはそちらへ着くように送り出すと伝えたそうで、それでは、こんなところをあてもなく歩いている間も、待っている人があるのだ、と他人事に思った。家並みの裏手と言うので薄暗い部屋の中で、そろそろ来てもよさそうなものだと気にしているのだろうが、そうでなくてもめっきり薄れた母親の面影が、陽に照らされて埋立地を行くにつれて、さらに見えなくなった。埠頭の岸壁に寄って、汚ねえ海だと眉をひそめながら、ねっとりとうねる波を眺めるうちに遠い気持になり、そのまま一時間ほどもすごしただろうか。どこかで待っているはずの母親のことも、渋い顔で送り出した祖父母のことも、頭になくなった。

両親は自分の小学校の三年の時に別れた。敗戦後一年足らずのことになる。母親はひとりっ子を連れて出た。父親は祖父の次男になるが実家にも寄りつかず、ほかの女と同棲したらしい。それから半年もして、母親が祖父に泣きついてきた。とても子を育てられないと言う。ある日、祖父は自転車に乗って家の最寄りの駅まで孫を引き取りに行った。母親は子を渡すと後も見ずに改札口の人込みに消えた。すべて後から聞かされた話だ。

喘ぎながら重いペダルを漕ぐ祖父の自転車の後に載せられて畑の間の道を運ばれて行った記憶はある。祖父がときおり振り返って、不憫そうな顔で見る。女も女だが、男も男だ、せっかく戦時をしのいだそのあげくに、と呻いた声が耳に残った。

それにひきかえ、親たちと暮らした時のことは、戦前の家は目の前で焼かれたのでともかくとして戦後も、のべつ夜逃げのように間借りから間借りへ越したことのほかは、よくも覚えがない。母親と二人で暮らした間のことは、どこか路地奥の二階の隅の、西日のわずかに入るほかはのべつ翳った四畳半ほどの部屋がどうかするとまざまざと浮かぶばかりで、そこにいたはずの親の姿が見えない。ただ、夜に寝床の中でひとり啜り泣く女の声が聞こえる。しかし記憶の影にとりわけ暗い気持がともなわないところでは、あまりかまわれなかったかわりに、邪慳にもされなかったようだ。その半年ばかり学校にも行かなかった。そのことを聞いて祖父は引き取る気になったそうだ。

それにしては屈託もなく育ったと後年から思われる。祖父母は子供を甘やかしもしなかったが、子のひとりで遊ぶのを脇から二人してつくづくと眺めていることがあった。子供は見られるままに、こだわりもせず、媚びもせず、知らぬ顔でいたのは、どこかしらに居候のわきまえがあってのことだったか。ある日、祖父がしばらく子供を見ていた末に、あわれはあわれだが、しかしあわれと感じさせないので、助かる、とつぶやいた。祖母もうなずくようだった。

家の長男、自分には伯父になる人はとうに世帯を持って地方の勤務になっていたが、出張のついでに実家に寄った時に、庭で土を掘って遊ぶ子を縁側から眺めて、妙な気持になるな、まるで弟の奴がまた小さくなってそこにいるみたいじゃないか、と感に入ったような声をもらした。祖父母は思わずふきだしてから、しばらく苦笑していた。夏休みなどに伯父の一家が何日も泊まって行くこともあり、伯父の小さな子供たちが兄ちゃん兄ちゃんと呼んで後についてまわる。その世話をよく見て感心されたものだ。

小学校の六年の秋に父親が死んだ。あの時代のことだから勘当みたいなものを申し渡されたせいだか、捨てるようになった子の心を考えてのことだったか、実家には寄らずじまいになった。その報らせを受けて祖父は、だらしのない奴だったが、三度目の世帯は人並みに通したわけだ、と腕組みをして目をつぶった。一度でも会いたかった、会わせてやりたかった、なにせ急すぎましたね、と祖母は涙ぐんだ。日を置いて通夜に出かける仕度にかかる頃、祖父は子供の顔を見て、お前はやめておこう、あちらにも子供たちがいることだからと言った。言われてどうこう思うよりも父親の面影が、駆けつけた伯父の、目の前の顔にふさがれて、どうにも浮かばなかった。こうなったら、なまじあわないほうがいいんですよ、と祖母が口を添えた。

中学にあがって二年生になり、祖父からお前を養子にすると申し渡された。長男もつとに承知のことで、母親ともようやく連絡が取れたという。お前が職に就いて自活するようになるまではわしらのどちらかが生きているだろう、かりにその前に二人とも往ってしまうことになっても、先の按配はしておく、と告げられて中学生が自分でも思いがけず居ずまいをただし、両手を畳でこそないが膝の上について、ヒョコンとそこだけは子供っぽく頭をさげた。その半端な恰好を祖父は見て、どこで覚えてきた作法だ、といかめしげな顔をほどいた。

後年、その祖父母の最期をそれぞれ、伯父の一家と手分けして看取っている。年老いた親の看護にはいろいろとむずかしい気持が是非もなくつきまとうものだとはかねてから聞いていた。実際に、仕事の帰りに病室に泊りこんで翌朝はその足で仕事に向かうということもあり、こちらの身こそ持たなくなるほどのものだと思い知らされたが、しかしむずかしいという気持のほうは、ほんとうのところ自分にはどうもわかっていないのではないか、という疑いが後にわずかずつ遺った。それにつれて、自分はまず人並みにやって来て人との意の疎通に苦しむほどの障《さわ》りはないつもりでも、人の屈折やら羞恥やら、つまり愛憎の根差しにわたるところでは、わかっていないのかもしれない、とおいおい用心するようになった。人の振り見て我身をただせなどと言われるけれど、それよりも先に、自分のことを、自身の由来を知らなければ、人を見ても自分を知ることにならない、つまり、見えないのにひとしい、と。

子供の頃の記憶が、これも人並みなところとくらべるすべもないことなのだが、やはり薄いように思われる。両親は別れるまでに諍いも烈しかったはずで、狭い住まいの中で子供はその声にもろにさらされていたに違いない。耳にしていて堪えられる限界を超えれば、子供は感受を遮断する。これは空襲の時に覚えのあることで、まして肉親の罵り合いとなれば、拒絶の反応はいっそう強かっただろうとは思うが、それらしい痕跡、怯え癖や偏屈さは見えない。祖父母は揺らぐことのない距離を取りながら気をつかってくれた。何よりも、ありがたいことだ。それにしても、そうやって大事にされる子供にはおのずと、幼いながらの遠慮やら、逆にひがみや、わがままがありそうなものなのに、その覚えもない。じつはそのすべてをまぬがれていなかったのがあの日、あの春の午後に、どうにかしていっさい御破算になって楽になってしまったように、今からは思われる。格別のことも起こらなかったのだが。

岸壁にもたれ、背を陽にあぶられて、ねっとりとうねって寄せる黒い波に見入るうちに、忘我のような心地になったのは、あの年頃にはあることなのだろう。そのうちに波頭が赤く流れるようで、目を先へ伸ばすと、すこしは青い沖のほうに汽船が何隻も浮いている。なぜあれがいままで目に入らなかったのだろう、と怪しみながらあっさり岸壁を離れた。埋立地を抜けて運河沿いの路に入った時には、陽もだいぶまわって、この時刻なら、探しても見つからなかったと言訳も通るだろう、と今日の用事は済んだ気になり、片側の家の並びをろくに見もせず、さすがにくたびれた足を運んでいた。その家並みの中ほどに小柄な小母さんがぽつんと立っているのを目にした時にも、春の午さがりの町の点景としてしか見ていなかった。普段着の和服《きもの》の背をこちらへ向けて、旧街道のほうをしきりにうかがっている様子だった。それがこちらの足音のけはいに感じたらしく、首をねじむけて顔をまともに見つめながら、眼が近いようで眉根を寄せて、寄せたあまりに険相にまでなったところであどけないような笑みをひろげ、名前も呼ばずに、アラ、あなたなの、と向きなおった。

――変な方から来たじゃないの。

――岸壁まで行っちまった。

――バカねえ。あの埋立地の先に家があるわけはないでしょう。

――海が見たくなった。

――あんな汚い海を見てどうするのよ。お腹、すかせてない。

――駅前の蕎麦屋に寄ってきた。

――お蕎麦ならこの辺においしいところがあるのよ。まっすぐに来てれば、食べさせたのに。

下駄をはいていてもこちらより背が低いように見えた。その上に前垂れでもしているような前屈みの背つきから小足をちょこちょこと送って、狭い路地に入って行く。つきあたりに煤けた玄関があり、その格子戸に手をかけて、建つけに歪みが来ているようで、引いては戻ししてこじあけると、入って入って、と先に押しこみ、さあ、早く、遠慮しないで、と上がり框《がまち》へ追いあげると、すぐ後からひょいと踏みあがってきて先に立ち、すぐ前に階段があるので小さい頃の記憶が動きかけたが、その脇を抜けて暗い内廊下に入り、奥まった四畳半ほどの部屋に案内した。

部屋は物もすくなくて古ぼけたなりに片づいていた。小さな卓《ちゃぶ》袱台《だい》をはさんですりきれた座蒲団が敷いてあった。その一枚に背中を押してすわらせ、よく来てくれたわね、もう来ないのかと思った、と裾を整えてむかいにすわり、あらたまりそうになって目がまともに合うと、びっくりしたような顔をして、いやだわね、なにうっかりしていたんだか、と立ちあがり、そそくさと部屋を出ていく。しばらくすると、茶をいれてきて、子供の好むような駄菓子を盛り合わせた鉢を添えて台に置いて、すぐに忘れてしまうんだから、鶏よ、まったく、と照れてむかいにもどった。

岸壁まで陽の照りつける中を往復してきたせいで喉が渇いて、大き目の湯呑みに入った熱い渋茶をふうふう吹きながら啜る間、むかいから眺められていても間が持てた。茶碗を置くのを待っていたように、今は誰もいないので、楽にしてね、と言われたのを、ひとりで暮らしているということだろうか、いまこの時刻この家にはほかに誰もいないということだろうか、と思いながら聞き流して、すぐ左手の埃まみれのガラス窓から、そのまた奥の家の壁の錆の出かけた波型トタンにすぐにふさがれた、狭い庭へ目をやった。わずかに残った植込みも埃と煤をかぶってしおれ、あちこちに物が捨ててある。小さな頃に見たような風景だなと思ううちに、隅に置かれたリヤカーに目がとまると、その視線を追っていたらしく、あのリヤカーね、人から借りたものなのよ、とうに返しに行かなくてはいけないのに、そのままずるずるにしていてね、なんなら捨ててもいいよと言われたので、埋立地に置いてくれればそれまでとは思うのだけれど、毎日毎日が、面倒臭くてね、と言ってそのいきさつを話しはじめた。

年末にそのリヤカーを引いてここに越してきたと言う。ひっぱり出したモンペをはいて、一切合財積みこんで、ムシロをかぶせ縄をかけ、それは戦中戦後から手馴れたものだった。なにほどの道のりでもないと思って出かけた。ところがここに着くまでにかれこれ三時間もかかってしまった。昔よりは路もよほど修繕されているのでリヤカーも引きやすいはずなのに、どうも勝手が悪い。引くほうが荷物にふりまわされそうになり、のべつ立ちどまる。とうとう疲れて、道端にリヤカーを寄せて息を入れながら、焼跡を分ける轍のほうが、でこぼこでも、リヤカーには通りやすいのかしら、それとも、何かにつけて眦《まなじり》を決することが、もうなくなってしまったのかしら、と考えていると、自転車に乗った年配のお巡りさんがリヤカーの脇に停まって荷物を見ているので、ムシロをめくって中を調べるのかと思ったら、腰をいためたらいかんぞ、と言ってついと行ってしまった。いまどきこんなふうにしてお米をこっそり運ぶ者があるものですか、と呆れて見送ったが、ひょっとして、モンペに手拭をかぶって道端でまごついているのが、てっきりお婆さんに見えたのかもしれない。

――そう思ったら、あなた、ほんとうに腰がお婆さんになって、それでリヤカーがかえって、のろのろだけれど、まっすぐに引けるようになったじゃないの。

そこまで話して、目をきょとんと剝いた。その目をゆるめ、

――この辺まで来た時にはもう日が暮れかけていたわ。昔、日の暮れにあなたを、リヤカーにのせてつれてきたことがあるのよ。荷物の間にちょこんとすわって、手に持たせたカンパンをかじっては、焼野原をキョロキョロと見まわしていた。振り向くたびに、この子は年のわりに小さいようで、……。

言いさして、拇指と人差指で自分の頰をきゅっとつねった。息をついて、言えた親じゃないわね、と笑う。その間合いがおかしくて、息子も思わず笑った。

にわかに空腹を覚えて、膝をくずして胡坐をかき、鉢の駄菓子に手を伸ばした。母親はあれこれ、身長のことやら、食べ物の好き嫌いのことやら、学校のことやら、病気はしないかとか、さしさわりもないことをたずねはじめた。それに短く答えては駄菓子をしきりにつまんでいると、

気づまりもなかった。学校のことを聞きながら、高校に入る年齢を数えきれていないようなのを、せっかちなんだと思ったが、それでひややかな気持になるでもない。だんだんにわかってきたことに、母親はとりとめもなくたずねているようで、祖父の家のことや死んだ父親のことへ話がつながりそうになると、それとなくそらしている。気をつかっているんだと息子は取った。

そのうちに声が途絶えたので、顔をあげて見ると、母親は目をゆるくつぶり、背すじを伸ばし、頤《おとがい》も引いて身じろぎもしない。おろした瞼が深く見えた。やがて息子の見ているのを感じたらしく、目はつぶったまま、頤をゆるめて唇をちょっと上へ向け、つぶやいた。

——あなたも、遠くないうちに、女の人を抱くようになるのね。やさしそうだわ。

聞いて息子はでかい胡坐をかいている自分の腰つきがむさいように感じられ、目をつぶってこの臭いをこらえているのではないか、とまた眺めた。母親はひきつづき目をつぶったきり、眺められるままになっている。どこの廂間《ひあわい》から差しこむのか、裏の庭に面したガラス窓の片隅に日影が足を伸ばし、いつかくっきりと白い瓜実《うりざね》に静まった顔がうっすらと赤く染まった。父親のことを口にしないそのかわりに、あんなことを言ったのか、と息子が考えていると、こうしているとねむたくなるわね、もう欲も得もなく、ほんとうにひさしぶりのこと、このまま明日の朝まで眠っていたいわ、と母親は言って、ほんとうに眠っているような顔をしていたが、だいぶして重たげな瞼をひらいて、そろそろかえしてあげなくてはいけないわね、とゆっくりと腰をあげた。立ちあがってから、お酒を呑める年になっていれば、ひきとめられるのにね、こんなものをつつんで持たせる子供でもなし、とさびしそうに笑った。

暗い内廊下から玄関へ抜ける間、母親は先に立った息子に、明日はやっぱりリヤカーを返しに行って来ようかしら、空荷だから世話はないけれど、いまどき、どんな恰好をしてリヤカーを引いたものやら、あちらに着いても、先方がその間に越してしまっていたら、それこそ宙に迷うわね、そう言えば問いあわせもさっぱりないことだし、と相談でもするように話しかけていた。一緒に行ってもいいよ、と息子はもうすこしのところで口に出しそうになり、祖父母のことを考えてやめて、すぐに土間に降りた。

あちらを引いて出た時には恰好などまるでかまわなかったのにね、と母親は上がり框を踏んでもまだこだわりながら、腰を屈め自分も土間に降りようとして、その足もとにためらいが見えた。ここでいいよ、道はわかっているから、と息子はとどめた。母親は驚いた顔をしてから、そうね、あなたは、迷いやしないわね、と妙なことをつぶやいて、それじゃ、そうしてもらうわ、キリもないことなので、と板の上に立ちつくし、もう長い間そうやってたたずんでいたような姿になった。

玄関の戸に手をかけて、さっき母親のやったとおりに、引いてちょっと戻してからこじあけると、まあ、上手なこと、まるでいつも来ているみたい、と母親はまたあどけない顔になって笑いかけた。息子は敷居をまたいで振り向き、こんなこと、すぐに覚えるさ、と得意に答えて、同じ要領で戸を引き戻すと、今度は閊《つか》えもなく戸が滑ってピシャリと大きな音を立てて閉じた。それに驚いたとたんに戸の内と外とが、家も路地も、底知れず静まり返った。

早足で路地を抜けて、振り返りもせずに角を折れた。傾いた陽を流してかすむ黒い水を見て歩いていると、岸壁からまっすぐに、どこにも寄らずに来た心地になった。それでいて、こうしているとねむたくなるわね、と声が空耳に聞こえて、睡気がいまさら差してくる。どこから降るのか花びらがゆっくりと宙に舞うのを見ていると、よけいにねむたくなる。それにつれて、目をつぶったきり身じろぎもしなかった母親の、甘いような匂いが、まつわりつくというよりも、自分のからだから昇る。昨日今日のことではない、深い覚えだった。そのまま、まともから低く差す西日に目を細めて足を運ぶうちに、ここがどこだか、いまがいつだか、ぼんやりしてきたところでは、歩きながらすこしまどろんだらしい。後年になり、何かの境い目で、張りつめながら、わけのわからぬ睡気にひきこまれかかる、あれが初めだったか。

また会うようなことを二人とも仕舞いまで口にしなかったけれど、あれはかえって、じきにまた会うことになるしるしで、会えばまたおなじ顔で話すのだろうか、それとも、今日はいつのまにかふたりとも、いつもいつも会っていたような顔になったのは、もうこれきり、会うこともないしらせか、と考えて我に返った時には、ゆるい坂をのぼって八ツ山橋のほうへ折れる角にかかり、旧街道の、蒼いような化粧の女たちの立ち並ぶ軒の下がたそがれかけていて、母親とはあれでずいぶん長い間、黙りこんでからも、向かいあっていたことになるな、と眺めた。

机の四隅

五月に入っても新緑の盛りとなっても気温ははかばかしくもあがらずに、春にひきつづいて風がしきりに走った。午前のうちは初夏らしい陽気に見える日でも空気はどこか肌に硬くて、午後から決まったように風が吹き出し、日の暮れにかけて荒くなり、夜にはしばしば冷えこんだ。上空に寒気が滞っているという。

五月のなかばにかかってようやく、風の吹かぬ雨の日があり、終日、細い雨がさわさわと木の葉を鳴らした。濡れた初夏の木の花の甘い匂いがどこからともなく漂って、空気もよほどやわらいで、ひさしく寒気のなごりに苦しんだ肌がほぐれる。午後にはとりわけ心身がくつろいで、机に向かってとろとろとすごしては、物を読む眼がくたびれれば部屋を立ち、テラスに出した小さな椅子に腰をおろして雨の音に耳をやっていると、なにやらむずかしい時期をしのいできた心地になる。

そんなことをくりかえして夕刻になり、雨の中へ散歩に出るつもりで腰をあげて、部屋を出る間際に、半日の仕事を不首尾でも切りあげる時の癖らしく、机の上を振り返った。暗い雨の日でも初夏のことで窓はまだ白いのに、机の上がひとりで暮れていく。

——入月《いるつき》の跡は机の四隅《よすみ》哉

芭蕉の晩年のこの句が身に染みるようになったのは、何時頃からのことだろうか。半日の仕事じまいの、立ったばかりの机の上を、自分の先刻いなくなった跡のように眺める。夜明けに寝覚めして手洗いに立つ時にも、窓の暗幕の隙間から洩れる薄明りを受けてひとりで明けていく机の上を見返る。まだ若い頃に、夜の更けかかる時刻に息を引き取った母親の伽ぎをひとりでつとめたその明け方には、灯明の火の揺れる部屋の内が、死者の顔にかぶせた布から、刻々と白らんだ。

入る月の跡とは、東順と号して、其角の父親がさきごろ七十二歳で没したのを偲んでいる。元禄六年の陰暦八月二十九日と伝えられる。芭蕉自身の「枯野の夢」の果てる、わずか一年あまり前のことになる。東順なる人は医を業として大名に仕えていたが、還暦頃に致仕して以来、文人の暮らしをまもったらしい。市店を山居にかへて、楽しむところ筆をはなたず、机をさらぬ事十とせあまり、と芭蕉の追悼の文に見える。入る月の句はその文の結びに詠まれる。

故人の目を閉じた二十九日の有明の月よりも、それから何日か経て、二日頃の細い月の西へ傾くのを思っているのだろう。あるいは実際に故人の住まいをその頃にたずねて、人のいなくなった机を眺めたのかもしれない。たそがれにくっきりと暮れのこる机の四隅とは、はるかな後世からつられて眺める者の身にも静まりをさそう。

言うまでもなく、私の机のほうは、四隅を眺めるほどの格もない。四角であることには変わりがないが、腰掛け机の、工場製品である。四十年あまり前に、この売文の業に迷いこんだ際に、いつまで続けられるか知れないが、それにしても長く続いてくれなくては困る、と転業のけじめをつけるつもりで買い改めたもので、古いことは古いけれど、しかし古人の隠居十年にくらべれば、今の人間の四十年は、一日や季節の移りに感じることがすくないその分だけ、短いのではないか。

机の幅は一米半ほどあり、素っ気もなく、両袖に抽斗が付いている。大きいほうが落着くだろうと考えたようだが、机の上に物があれこれ置かれるようになると、手狭に感じられた。しかしこれ以上にひろい面だと、端に置いた物に手が届かない。このままのひろさでも、坐ったまま腕を伸ばして重い物をひき寄せようとすれば、腰を悪くひねりかねない、そんな年齢にやがてなった。仕事が手詰まりになった時に、机の上を見まわして、どうしてこうも角ばっているんだ、と机にあたることもあった。ちっとはまるくなったらどうなんだ、と責めるが、それでは四隅の角が取れてまるくなったとしたら、そんなものにへばりついて、まるで振り落とされまいとすがっている自分がおかしなものに思われた。

もともと腰掛け机には腰の落着かぬほうだった。大学教師と名の付いて三十歳を過ぎる頃にも、中学生にあてがわれるような机しか持ち合わせなかったが、それにもあまり寄りつかなかった。仕事に腰を据えなくてはならない時にはまるい卓袱台《ちゃぶだい》を持ち出して、入り用の物を載せ、陽気の良い日には縁側に運んで坐りこむ。あきれば卓袱台ごと持ちあげて場所を移す。子供の頃から家ではありあわせの台に向かって宿題などをそそくさと済ませていたその習いらしい。それを思うと、三十男がいかに真剣に仕事に打ちこんでいるつもりでも、低い卓袱台へうつむく恰好が子供っぽくも感じられた。

終《つひ》に無能無芸にして只此の一筋《ひとすぢ》に繫《つな》がる、と芭蕉の文に見えるが、今の世の誰にでも、そんな境はあるのだろう。その時にはとりわけ腹を据えたような覚えもなく、その後もこの一途などという力《りき》みもさらさらなかったけれど、今からはるかに振り返れば、ほかの道へはずれられなかったことでは、おおよそ、このひとすじにつながれたことになるな、とたいていはそんな感慨になる。私にとっては四十何年前に定職から逸れた、その前途へのいましめのように、こんなでかい机を買いこんだというつまらぬことが、このひとすじにつながる機縁となったか。もっと小さな机にしておけば、またほかの道へのがれたかもしれない。

先へのいましめとはその当時、恒産なければ恒心なし、という日頃はおよそ思いつけぬ言葉がしきりに、強迫観念めいて、浮かんだことだった。この変動の世に恒産と呼べるようなものははめったにあるものでない。これまで月々に手にしていた給料はまして所帯を支えるにも心細いものめだった。それでも、この先も確かに入る、とすくなくとも思えるところでは、やはり恒産のうちか。それが失われたとなると、やがては考えること感じることが世の浮動につれてとりとめもなくなってしまうのではないか。そうおそれたものらしい。それで不相応にでかい机を据えて以って重しにしようとしたとすれば粗忽の至りであり、それが実際に、以来四十年、沢庵石の役をはたしたとすれば、我ながら笑える話である。

何事にも馴れる。しかしまた、年を経て身がそこに馴染んで、ほかのありようも考えられなくなる頃になっても、三分《さんぶ》の居心地の悪さを残す。そしてそれが生涯に及ぶ。馴れるとはそんなことか。暮れ方に半日の仕事をきりあげて机の前を立つ時には、その日の出来が悪くて明日から先が見えなくても、とにかく済んだと気楽になって表へ出る。長い旅先の宿の朝の目覚めに伸びをしながら、人のしばらく居ない机を思い浮かべて、たまの留守居も気楽でいいだろう、とからかうようなことが、高年に入ってからもあった。

そうかと思えば、家にあって夜明け頃の寝覚めに、まだ机に向かっている体感になっていることもある。仕事のことで気がかりを暮れ方から持ち越したままに床に就いたのが、ひと眠りした末に、どこに間違いがあって順々に狂いを来たしたかに気がついて、起き上がって手なおしにかかったか、よせばいいのに、と寝床の中から眉をひそめる。それから、机にへばりついているのが自分なら、ここで寝ながらに机に向かう背つきになっている自分は誰になる、と首をかしげる。

夜半もまわった頃に街から酔ってもどり、暮れ方から留守にしていた仕事部屋をちらりとのぞくと、まだ机に向かっている。起きていたのか、と声をかければ、帰ったか、と答えてまたうつむきこむ。それきり戸口を通り過ぎて着換えにかかってから、まるでお互いに見えていたような呼吸だったな、とあやしむ。もう一瞬だけ深く見つめていたら実際に見えていたのかもしれない。しかし、もしも見えたとしたら、こちらが消えることになる。

不吉なようなことはつゆ思わなかったが、いずれも、ほどなく身体の危機のあらわれる時期にあたった。

そうでなければまもなく、人の亡くなっていたことを知らされる。

梅雨のはしりらしい雨の降る日に、高校の同窓会の名簿が送られてきた。五年ぶりの改訂になるようで、同学年周辺の、逝去者欄の人数が倍ほどにもふえていた。若い頃に亡くなった人もあり、この十年ばかりの間にその訃音に触れた人もあったが、なかに二人、私が一時近しくしていた人が、私の知らぬ間に、逝去者の欄に移っていた。一人はもう何年も連絡が絶えていたが、もう一人はこの春、賀状は来ていなかったが、私のほうは去年までのやりとりを踏んで出している。旧年のうちに亡くなったか、年が明けてからまもなくのことか。近頃、逝去の通知をごく近しい範囲に限ることが多いようだ。葬儀も人に知らせる前に身内だけで済ますのもすくなくない。故人の遺志らしい。私も自身の事としてはそちらへ傾いている。墓もなしで済ましたい。跡をなるべく残したくない。

私の母方の叔父は終戦の直後だか直前だかに戦地で疫病に仆《たお》れて、柳の下に葬られたと聞く。その知らせと遺髪とが戦友の手によって美濃の奥の実家まで届けられたのは、もう晩秋の頃になる。その悲報が東京の都下に仮住まいしていた私の家に届いて、母親は手紙をつかんで立ちあがり、西日の射す窓辺で読み返す、その手がわなわなと震えていた。叔父は予科から大学を出るまで東京の郊外の私の家で暮らして、幼児の私も何かと可愛がられていたので、戦争も終る頃にさぞかし無念だったろう、と子供の心にも思いやられたが、それにもましてそらおそろしく感じられたのは、叔父の亡くなったことを長いこと、つゆ知らずに過ごしていたということだった。何を知らずに過ごすことになるか、わかったものではない、とおそれる癖が後年まで尾を引いたようだ。

親しい者の死を遠隔の地にあって何ヵ月も経ってから知らされるのは、近代の郵便や通信の制度の整う以前にはざらにあったことに違いない。芭蕉もまた、最後の旅へ元禄七年の陰暦五月に上る際に、後の事をしたためて江戸に残してきたという長年の内妻が、自分の旅立ってから一月半ほど後に亡くなっていたことを、どうやら七月の魂祭り、お盆の頃まで知らずにいたように見える。その十月のなかばには、自身もこの世になかった。

その翳が旅立ちの前年から差していた、とも考えられる。八月二十九日に亡くなった東順老人を偲ぶ文は、簡素な追悼をおさめる句の、「机の四隅」から、ほのかな鬼気が昇ってくるように、心なしか感じられる。そのわずか二日前の八月二十七日には松倉嵐蘭が亡くなっている。芭蕉より三歳下の蕉門下の人だが、十九年にも及ぶ交遊があり、芭蕉の追悼の文も句も、胸に迫って溢れるものがある。同じ年の三月には芭蕉の猶子なる人が、どういう血筋になるのか、三十三歳で亡くなったと年譜に見える。七月のなかばからしばらく芭蕉は門を閉ざして人との面会を絶った。人来たれば無用の弁あり、出でては他の家業を妨ぐるも憂し、などと「閉関の説」の中で述べているが、あるいは深い心身の翳りのあってのことだったのかもしれない。

思い合わすことのある気がして疾病の年譜を引くと、その年、元禄六年は当時の記によれば、陰暦六、七月の間は猛暑で旱魃に苦しんでいたところが、八月の初めから俄に冷えこんで、暴風霖雨、露が霜となり、国中の諸人、時疫《じえき》に感じ、とある。その病状は発熱、悪寒、頭痛裂くるが如く、咳嗽《がいそう》し、身体重く、頭冷えて氷の如く、あるいは泄痢を兼ね、とあるので、流行性感冒らしい。江戸では芭蕉の記によればその年の七月七日、七夕の夜は天の川の高水《たかみず》を想わせるほどの暴風雨であったようで、あるいはこれを境に天候が変わり出していたのかもしれない。芭蕉の閉門は盆の後からと本人の書簡にあるそうで、それから七月の末の歌仙に加わるまでの、十日ほどの間になるか。「門しめてだまつてねたる面白さ」の、面白さにも内訳のあることなのだろう。

八月二十七日の嵐蘭の最期は、仲秋の月を海辺で眺めようと鎌倉まで杖を引いたその帰るさ、心地悩ましうて、やがてはかなくなったという。家で病いの床に就いてから十日ほどのことだったのだろう。まだ四十七歳だった。翌々日に亡くなった東順も、世の時疫の影響下にあったか。流行病《はやりやまい》は天象の不順あるいは不全のもとに起こると古人は見ていたようだ。時疫、トキノケという言葉にもその意味合いがふくまれていると思われる。流行病へのおそれと限らず、古人は天象の影響に、身体からして、敏感であったらしい。それにひきかえてわれわれは、天を塞がれて地からも隔たれたようなところで暮らし、しかも近代の医学に馴染んで、天象の影響を我身に感じる習性がよほど薄れている。それでも病院の夜には、廊下をしきりに小走りに行き来する足音を耳にして、表の天気は見えなくても、低気圧の通りかかっているのを知る。そんな夜には病人が何かと苦しみを訴える。

身内を見舞った人が病院を出て空を見あげ、黒い雲の塊がわきかえりながらつぎつぎに上空を低く掠めるのを眺めるうちに、思わず寝たきりの身になり、胸の重苦しさに喘ぎかけたが、しかし考えてみれば、病人ならずとも、あんな見るからに妖しい雲が頭上にかかれば、おのずと心身の内も翳り、通り過ぎればしばし白みしているはずなのに、本人はすこしも知らずにいるのは、ひとりで暗くなったり白んだりする、空き部屋みたいなものだ、と思ったという。

心地悩ましくなり、それから寝込んで十日ばかりで逝ったとは、今の世の年寄りの、なかなかそうは行かぬと知りながらも、ついうらやむところだ。しかし人の心身がおのずと天象に、そのわずかな変異にも感応しているとすれば、この翳りは生涯、達者である間も、空が乱れれば一日の内にも、くりかえし去来するのではないか。さらに、古人たちの考えたように、天象の不順あるいは不全、いわゆる悪癘の気に、人の内に生まれつき播かれた悪病の種子がしばしふくらみかけるとしたら、死の翳りが平生から幾度となく、心身を覆っては引きしていることになる。心地悩ましくなり十日ばかりして逝くという境を、気もつかずにのべつ踏み越して生きている。

ほんの午さがりに降り出した雨の音を軒に聞くうちに、耳から遠いような心地になり、それでも仕事の手は休ませず、物思いにふけったわけでもなく、まどろんだようでもないのに、気がついてみれば日が暮れかけていた、というような時の経ち方が、古人たちにはあったようだ。やれやれ、魂がお留守になっていたか、しかし手は見られていなくても正直なものだ、と感心して次の仕事へ立ち、一日は滞りもなく済む。今の世のわれわれには、共通の時計の刻みに支配されているせいだか、四角四面に閉ざされて陰翳にもとぼしい居住空間のせいだか、魂の飛ぶような閑も、飛ぶような空もない。辻褄が合って暮らしているわけだが、さて夜の寝床に就く時に、一日の時間の、なにやら間尺が合っていないような、不足感をしばし覚える。一日は魂の飛んだ間をふくんでこそ一日として満ちるのではないか。

我に返った心地がした、それもひさしぶりに、と驚く折りはある。季節の移りを感じる時にも、目から耳から鼻から、覚めた気がする。それと同時に今の今まで、正気で暮らしていたはずなのに、夢うつつの間もわきまえず日々を過ごして来たように感じられる。

季節の移りとは言わず、朝夕にもあることだ。朝に目を覚まして我に返った心地のするのは、夜々悪い眠りの続いた末の、よほど爽やかな寝覚めになる。しかし夢うつつの境から抜けて、起きあがって一日の暮らしにかかればまたいっそう深い、覚めながらの眠りへ入る、それまでのつかのま澄明とも感じられる。

日の暮れにもそれはある。人心地のついた気のしたとたんに、この一日をどう過ごしてきたか、あやしくなる。つれて、ここしばらくうつし心も付かずに来たように思われてくる。入相の鐘に無常を感じるというのも、聞いてまず一日の取りとめのなさに驚いて、しかし今の澄明さも鐘が鳴りしまえて余韻も尽きた後まで持つかどうか、しょせん抜けられぬ無明をあわれむ心もふくむのだろう。時は夜の眠りへ傾いていく。それにつれて昂じる物狂わしさも、いよいよ夢うつつともつかぬものになる。覚めた分だけ深い昏迷に入る。

朝夕とも言わず昼間にも、日の移りに驚いた時に、我に返った心地のすることがある。部屋が見える。誰もいない。人はいましがた、思わず長くなった腰をあげて立ったようだ。部屋は翳りながら隅々までくっきりと張っている。何処のことであったか、何時のことであったか、思い出せぬままに、既視感がここに静かにきわまる。物の音が間遠に伝わって、人のいなくなった静まりを深めているようだが、何の音とも聞き取れない。

あるいはいつのまにか辻らしい所に立って往来を眺めている。いましがた通りがかりの見も知らぬ人に顔を見られ、すれ違いざまに何事か、まぬがれられぬ事を耳もとでつぶやかれて、それきり立ちつくした。それでも観念しきれずに、別の声のかかるのを待ったが、来る人も来る人も、一切承知のように、顔をこちらへ向けない。その往来の沈黙もそのうちに、すでに生涯にわたりつくづくと見馴れた、自分もすべて承知でその一部に加わっている光景に眺められる。人の足音の高くなり低くなりするにつれて、自分がここに立ちながら足もとから地に吸いこまれて消えたり、また地から湧きあがって現われたりしながら、既視感のきわまった心からひきつづき目をやっている。

あるいは、我に返るとはそのつど瞬時のことであり、そこからさかのぼって、何時とも何処ともつかず、生涯の既視感が情景となって見えるのかもしれない。時には音にならぬ音として聞こえかかる。しばし、深い覚えばかりになり、その覚えの主《ぬし》はいなくなる。

机の四隅というのは亡くなった人の跡として眺められているばかりでなく、見る者の生涯の、常と変わらぬ心で机の前を立った跡の、四隅ではなかったか。

離魂病、かげのやまい、と呼ばれていたものに、私はかねてからわずかずつこだわっている。辞典には熱病の一種とあり、それでは熱に浮かされた病人の自己分裂か自己遊離かと思うところが早呑みこみで、よく読めば、高熱を発した病人の姿がふたつに見えて、どちらが本体かどちらが影かわからなくなる、とあるではないか。周囲の者の眼に見えている現象になる。たしかに、苦悶する人間の俄な変貌は見まもる者をおそれさせる。見つけぬ面相と見なれた顔がめまぐるしく交代することもある。それにしても、病人がふたつの姿となって見えるとは、おそらくたった一人の眼のことではあるまいから、なにか底知れぬ共同幻視、夢幻能の境を想わせる。あることなのだろう。

空蟬の離魂《かげ》の煩《やまひ》のおそろしき、と連句に見える。其角の句である。空蟬という言葉を冠せられているところでは、病む本人の魂の遊離のことなのだろう。これに越人が、あとなかりける金二萬兩と付けたのは、俳諧というものだろう。治療に大金を費やしたということか、魂の浮いている間に大金を人に掠め取られたということか、それとも、大金とはもともと本人の妄想の内のことであったか。

それはともかく、魂はとかく身を離れるということは、古来から人のおそれていたところであるらしい。魂振《たまふ》りという、作法だか呪術だかがあったらしい。生気の失せた魂を振り動かして目覚めさせるという。あるいは何かの大事を控えて、魂を据えなおす。民間にわたり、主人の出がけの、女房の打つ切り火も、穢れや厄を祓うことのほかに、お前さん、気をたしかにしてお行きよ、との心もふくまれていたか。

魂振りとはまた魂鎮《しず》めのことでもある。鎮魂と言えば死者の霊を鎮めることになるが、生者の魂こそしばしば、とりもあえず、鎮めなくてはならない。振り動かす、振り起こすのと、鎮める、沈める、静めるのとは、方向が逆のようでも、結局は同じことだ。取り乱した人の心をとにかく落着かせるその骨《こつ》、その呼吸を心得ていることが、何にもまして年の功と言われる。その点で私などはまず落第の口である。人の心どころか、自分の心のいささかの動揺すら、おさめるのに手間がかかる。

生命の危機の迫る中で、自身も恐怖にとらえられながら、周囲の動揺をしずめるために、あえて落着きはらった振舞いに出る。その態度からも恐怖が洩れるようでは、人の怯えをかえってつのらせることになるので、心を空にする。生死の境の長閑《のどか》さの中へ遊離させる。そうして周囲と運命を共にすることになった人たちはこれまでに無数にいたはずだ。これに恥じるところだが、私の思う魂の遊離はそんな切羽詰まった境のことでなく、人の眼に二つの姿に見えるような分裂でもない。

静かな離魂というものもあるのではないか、とひそかに思っている。しかもそんな状態がかなり長く続く。その間、奇異な言動はなく、身近な者たちも怪しみもしない。本人も何かの折りにふっと、それまで魂がかならずしも身に付いていなかったように思われて訝る、とそれだけのことだ。正気のままの離魂と、言葉にすれば矛盾になる。

言葉にしなくても考えることが割れているので、自分らしくもない妄想だと呆れて人前で口にせずに年を経るうちに、老いと言われる坂にかかり、過去を振り返るにつけて夢うつつなどという感慨もようやく起こりがちの頃に、酔ったはずみにその妄想の端ばかりを洩らすと、自分にも身に覚えがある、と傍から受ける男がいた。まる一年、心いささかここになかった、もう昔のこと、厄年だと騒いで同じ年の連中とあちこちへお参りしては酒を呑んで面白がっていた頃だ、ついいま思い出した、と言う。

まる一年、と区切ったのを聞いて、四十の坂にありがちな心労の時期だったのだろう、と私は取った。どうにか越してみれば、散々に心を傷めた間のことも、かえって心ここになかったように感じられる。半年と少々のことでも、後から思えば、まる一年になる。ところが、と相手は言う。その一年は内でも外でも、停年退職の挨拶状ではないが、大過なくすごした、それよりも、あなたの言った、我に返った後が、我ながら怪しかった、と話は続くので、私はあらためて耳を傾けた。

職場ではその間人に怪しまれていなかったことは、顔をことさらに見られるでもなく、半端な言葉も難なく通るので、疑いもなかったが、家に居て、妻子の様子にいつもと変わったところも見えず、小学校にあがった娘たちは母親を真似て父親をからかうようなこともするのに、ときおり、三人とも知らぬ顔をしてこちらに合わせているのではないか、と話の途切れ目からうかがうようにしている自分がいたように、後になって思われる。現心《うつしごころ》を失った面相になってひろくもない家の内をうろつく一家の主人を、家の者たちがなまじ声をかけないようにと目でいましめあいながら、気長に見まもっていた、とそんなあったはずもない夜半の光景が見えかかる。我ながら奇っ怪なことを思ったものだが、後からの妄想にも日常の、十年も続いた日常の雰囲気がある。それが十年続いていたとすれば、目の前にいる娘たちももう女になりかけているはずではないか。

それもこれもすべて日常の内のことなのだろうな、と私は曖昧なところで取りなした後から、十年と唐突に口にされた歳月にこだわって、過ぎた十年のことか、これから過ぎる十年のことか、あるいは現在《いま》から将来《さき》を、振り返るような心になることもあるか、と埒もないことを考えるうちに、十年あまりも失踪していたという男の話を思い出した。これもずいぶん昔に聞いた話になる。

長年の妻もあり幼い子たちもあり職もある男がある朝家を出たきり帰らなくなり、八方手を尽しても行く方が知れず、そのまま十年あまり過ぎて、たまたま人づてに聞き出してみれば、遠隔の都市で世帯を持って子供たちもあり、世間並みの暮らしをしている。間に立ってその家まで見に行った人の呆れて話したところでは、十年前とまるで変わらぬ暮らしぶりで、一緒の女性も十年前の細君に似ていて、子たちも十年前の子たちと同じぐらいの年に育っている。当の男は訪ねてきた人の顔をだんだんに見分けるようになったが、いざ十年前の家庭のことに触れられると、目の光がどんよりしてきて、思い出しかけては思い出せずにいるらしい。そらとぼけている様子でもないという。何にしても、太い野郎だ、とどこかうらやみまじりに呆れて終る、それまでの話だった。

大体、かりに記憶喪失はあったとしても、新しい女と一緒になり子までなすに及んで、戸籍はどうしたのか、自分を何処の何者と言って女に近づいたのか、女はどう得心したのかと考えれば、輪郭だけあって中味のないような話である。その後、どうなったのか、と他人事ながら心配する口吻が話す者にないのは、どうせ生臭い事情や経緯のあったことなのだろう、と思っているようだった。話が人から人へ伝わるにつれて、中味が飛んで、かくも長き、しかも日常からはずれぬ失踪への、感歎みたいなものだけが残ったか。十年の不在と存在とを訝る時には、私に話した者も声をひそめていた。

しかしそんなおおまかな話にも、仔細な情景がひとつぐらいは付くもので、男は十年前と変わらず年寄りみたいに早寝早起きで、小さな平屋の猫の額ほどの庭に草花をあれこれ育て、朝飯の前に鉢植えの手入れも怠らず、さっぱりとした後で、夏には朝顔の花を、縁側にしゃがみこんで、起き出した子供たちの騒ぐのを背にして、じっと見ていたという。誰が見た男の姿なのか。誰から聞いた話になるのか。なぜ、とりわけて朝顔なのか。これも噂の尾鰭に類することなのか、それとも、話す者聞く者の内にわずかずつ持て余まされた、男の不在と存在への怪しみが送り越されるうちに、そんな情景となって結ばれて、ここまで届いたか。夏の朝の縁側こそ男の記憶の底から昔の暮らしが今に浮かびかけては沈む時であったのではないか、と私も思ったものだ。

日常というものも、我に返れば、何時何処のものとも、知れないことがあるな、と私は声に出してつぶやいていた。これでは話が飛び過ぎて通じやしないと気がついて黙りこむと、しばらくして相手は、十年などと言ったのは、それから実際に十年ほどして大病をして、これで死ぬのかと思われるところまで行った、さいわいその回復期に、まだ立居もままならなかったけれど、そのまる一年のことが夜中の寝覚めに、思い出したというよりは、見えたのだ、と話を継いだ。

昨日のこともはっきりしないほどにまだ考えに持続のない頃のことで、まして寝覚め際のことだ、見えたのはそのつどほんの断片ずつで前後もないようなものだが、その断片がそれぞれ、まる一年だった、一年でしかも十年だった、と言えばおかしく聞こえるか。朝の出勤に駅まで行く途中に、ちょっとした近道に入る角がある。何ということもないところだ。そこを折れかかる時、ある朝のこと、見馴れたはずの道が妙にくっきりと、初めて来たように見えた。あまりくっきりと見えるので、もう来ることもないのではないか、とそんなことをちらりと思ったとたんに、足音も立たなくなった。あれが始まりだったか。それからは外での仕事をその日その日、その時その時、しっかりと区切りをつけて、後で人が引き継いでも困らないように、始末していた。日頃、性分にはないことだ。

家に居れば家の者たちに、日頃はおおまかなほうなのに、端々で気をつかっていた。その気づかいにしかし、ひとり離れて眺める、間合いがはさまった。まるで自分の妻であり子であることを、あわれに思うような。何にせよ、それ以前にくらべても以後にくらべても、内でも外でも心の行き届いた、むしろ正気づいた時期であったはずなのに、夢うつつの境に過ごしてきたように思われたのは、どういうことだ。

一年ほどして、また例の、朝ごとの近道の角のところのことだ。ひさしぶりにここを通るな、とひとり言が洩れてから、はてと額に手をやって立ち停まりそうになった。そこへ向かいから腰の曲りかけた年寄りがやってきて、ああ、お元気でしたね、と声をかける。そしてこちらの顔を、薄膜の掛かった、光の遠くなり近くなりするような眼で見つめていたかと思うと、いや、失礼しました、人違いを致しまして、と品よく詫びて通り過ぎた。とたんに雨が降り出した。こんな暗い、雲の低く垂れる朝に傘も持たずに出て来たのは、やはり心ここになかったしるしか、と思って足を速め、肩まで濡らして駅に駆けこんでから、折り畳みを鞄の中に用意していたのに気がついた。長年の習いは崩れないものだと感心したと言う。

梅雨時になるとあなたはいつでも梅雨空の顔になる、と毎年のように家の者に言われて、と笑って話した男がある。たしかに言われるとおりで、ごく若い頃にわずらった病いの跡でもあるらしいのだが、内実、鬱は鬱でも折り合いがついている、鬱と折り合いのつきやすい季節であるようだ、と。

朝から雨が降って午後になっても変らず暗い日には心が落着く、とさらに言う。夕方にしばらくほの白くなって暮れて行くといかにも一日が済んだ気がする、寝る時分まで降りつづいていれば人里離れた所に居るような心地にもなる、と。

それはいまどきの梅雨ではないぞ、と私は内心つぶやいたが、しかし近頃、よい話を聞いた気がして、黙ってうなずいた。それでいて、子供の頃の梅雨の盛りの朝の、古家をつつみあげて降る雨の音へひそかに耳をやっていた。朝から暗いので、居間に電灯をつけている。天井からぶらさげて乳色のガラスの笠をつけただけの裸電球が雨の音にかすかに揺れるようで、部屋の内をよけいに暗くする。その下で朝飯を喰っていると、そそくさと掻きこむのは毎朝のことだが、なんだか取り込み中の腹ごしらえのようで味もしない。

上に二階をのせているのに、雨水がどこかから羽目板を伝って階下の天井裏へ通るらしく、部屋の端のほうで雨垂れのするのを、中に雑巾を敷いた金盥《かなだらい》に受けている。雨気でふやけた畳に、内廊下のはずれの厠の臭いがまじる、鼠の糞の臭いもする。すべてが湿って濃くなる。

洋傘の数が家族の分には足りないので、末の子は使い古した番傘を差して学校へ出かける。油紙を雨がばさばさと叩いて、子供の手に傘が重い。骨の継ぎ目がどこかでゆるんでいるようで、水滴が柄を伝う。表通りのところどころに自動車のこぼして行った油が七色の虹の、ゆがんだ輪をひろげて、雨に打たれて伸び縮みする。都電もレールから濁った飛沫をあげて走る。豆腐屋の前にかかると、店先の大きな桶に投げこまれた絞りたてのオカラが雨の中へ濛々と湯気を立てる。卯の花などと言って、母親は味つけに手を尽したようだが、喉に通りにくくなるまで食べさせられたので、桶から立つ湯気の青いような臭いが、傘の油紙の下にこもり、胃のむかつきを誘いそうになる。

雨もよいの空に無数の木端《こっぱ》がゆっくりと、降るともなく舞っている。木端ほどに見えたが、爆風に高く吹きあげられた建具の破片のようなものであったかもしれない。敗戦の年の梅雨時になる。いましがたまで門の外の小路をあわただしい足音が続いて、叫びかわす声も立ち、ひどい重傷者が担架で運ばれて行くと見てきた人が伝えたが、いまはそうでなくても閑静な城下町がひときわひっそりとしていた。朝方に敵機が単機飛来して、警報の鳴るか鳴らぬうちに、一トンとか言われた大型の爆弾を一発だけ、町の中心からいくらか離れたところに落として行った。

ちょうどその時刻に朝から熱を出して寝ていた子供を、枕もとに坐って手仕事をしていた母親はその瞬間、とっさに抱き取り、爆風を受けて建具も惨憺たるありさまの家の中を走った。子供の寝床の上に重い箪笥がまともに倒れていたことは、部屋にもどってきて見るまで母親は知らずにいた。子供の首に掛けた守り袋の中の、杉のお札が縦に真っ二つに割れていたという。立ちあがる時に母親は子供をよほど強く胸に抱き締めたらしい。子供は母親の胸の中から、床一面に散らばる物の破片を見ていたが、お互いに名を呼びかわしながらその中を走る家の女たちの声も聞いていたが、着弾の轟音も爆風の衝撃も、まるで覚えがない。東京の空襲のことも、あれから間もなかったこの城下町の空襲のことも、断片のかぎりでかなり仔細に思い出せるのに、あの瞬間ばかりは記憶にない。どこへ潜りこんだものか、老年に至るまで、それらしい影さえ底に動かない。

かわりに、梅雨空に点々と木端の舞うのが見える。地下水の染みる防空壕にしばらく隠れるうちに、表が静まったようなので這い出て、家の内へ入る気にはまだなれず、庭に立っていた。木端は見るほどにゆっくりと舞う。その場違いな緩慢さがかえって気の振れた動きに感じられたのはいましがたの恐怖の、急迫のなごりだったか。あまつさえ、遠くから男たちの、やぶれかぶれにがなりたてる歌が空へ昇る。その拍子に合わせて木端はさらにゆっくりと、いよいよ狂ったように、のどかに舞う。そんな歌声の立つ時ではなかった。何日か前に駅頭で見かけた、出征兵士を見送る男たちの声だった。軍歌も尽きたのに汽車はなかなか着かない。間を持てあましたようで、酔った男が日章旗を振りまわして音頭を取り、一同いつ果てるともないノーエ節を歌っていた。空耳だとわかっていても、空に舞う木端を見ていると、声にはならぬ拍子を払いのけられなかった。

そんなものがいまだに梅雨空に見えて聞こえて、庭に立ちつくして見あげる足元から地面の湿気が熱を帯びた身体にあがって下腹に暗くこもるのまで思い出せそうになるのに、爆発の瞬間はふさがれている。年を取るにつれて耳は遠くなるかわりに聴覚のもうひとつ底が感じやすくなるようでもあり、不発弾を抱えこんでいるようなもので、あやうい老年になる。あるいはあの日、空に舞う木端を見あげるうちに男たちのがなり立てるノーエ節の声が空へあがり、木端がその拍子に合わせてははずして出し抜き、わざとのようにゆっくりと舞い出したあの時すでに、爆発の瞬間はふさがれていた。そのふさがれた跡の静まりが木端の舞いの、狂ったような緩慢さとなって感じられたか。

あれだけの衝撃に子供としてはその瞬間をふさぐよりほかに身をまもるすべはなかった。内に押し入った衝撃にたいする、後からの防禦になる。そうでもしなければ身が持たない。再三の空襲に怯えた末に家を焼かれこの町に逃げてきて、湿潤の地の、しかも梅雨時に、水が合わないとか言われあちこち腫物《できもの》をこしらえ、のべつ熱を出して、血の濁ったように感じられた身体だった。その後、この町でも焼夷弾の落下に追われて走った夜があり、進退きわまって濠端にうずくまった時もあったが、頭上からの急迫が、怯えの極みにあっても、ひとつ遠く、ひとつ緩慢に聞こえたようだ。

中学生の頃までは、どこかでいまにも轟音の立ちそうな気配に、まだ反応していた。なにか際立った物音をはずみとした、たいていは空耳だった。やがて、そんな錯覚のさしはさまる余地もないほどに、街は騒がしくなった。機械音に満たされて、人の足音や話し声も掻き消される。それでも街の中を歩いていて、これは空襲の最中の狂奔にまさるのではないか、と驚くことが青年期にはまだあった。とりわけ夜半に家の内から表へ耳をやって、妙に静かな夜だと思ううちに、敵機の編隊が上空にかかり、すでに遠くから火の手が上がっているのに、人は起き出そうともしない。そんなありもしない境を思ったりした。また何年も経ってから、本来は人に恐怖心を惹き起こすはずの警戒音が、アラームは同じアラームでも、今では便利として日常の隅々まで行き渡っているわけだ、といまさらのように気がついた。どんなに差し迫った警戒音が立っても、人と目を見合わせなければ、自身も聞こえなかったことになる。

しかし自分には耳にあやういところがあるようだとは、いましめてきた。いましめるというのは人との情動の渦に巻きこまれまいとする用心の見当になるが、あやうさは烈しい音や重い音よりも、静まりのうちにひそむようだった。いまどき昼夜すっかり静まることのない世でも、喧騒のわずかな絶え間に、剣呑そうな沈黙が淵をのぞかせる。取りとめもない談笑の途切れ目から、いきなり狂った叫びが立ったのに応えて四方から阿鼻叫喚の天へあがるのが、空耳に聞こえかかる。ほんの息を呑むほどの間のことで、変わらずくつろいで続く話し声に安堵してあずけるその耳に、しばらく聾唖感が遺る。

おそろしき地底の轟きよ、しかし耳をやれば、それはそのままに、底知れぬ沈黙であった、というような詩句はなかったか。

静まりをおそれて、静まりをもとめる。これこそ、あやういことだ。騒音に身をさらしていれば、その絶え間もいっときのことであるのに、なまじ心を澄まして静まろうとすれば、どうせ騒がしい性分だと高を括っていても何かのはずみで、静まりの底とは言わず、それにやや近いところまで沈んで、日常の平静が一気にやぶれ、実相が渦巻くことになるかもしれない。実相の嵐こそ自足の至り、寂滅の境地だと言った聖人がいたそうだが、我身のこととしては、さしあたり御免蒙りたい。仕事の机に就く時に、今日ばかりは心静まったらどうなのだ、などとつぶやくのは呑気ながらの、不吉な呪文のようなものだ。

それでも覚めている間はまだしも安穏である。眠っている間こそ、おそわれやすい。悪夢のことではない。自分が世界の中心にあるなどと思えるのは生涯の内でもごくわずかな間のことだが、人は夜々、眠っているかぎり、その眠りの中心にある。そうでなければ、おそらく、眠れない。中心にあるとは、眠りが空間として感じられていることだ。その空間をひろげているのが、眠りながらの、聴覚にほかならない。眠っていても耳だけは覚めているような動物《けもの》と、聴覚はそれよりもよほど鈍くなっているが、本来は変わりもない。しかし眠りの架ける空間から、眠っている本人が寝床にありながら、はずれへ放り出されることがある。内に抑えられていた音が外へ押し出されてあまねくのしかかるのを、その中心にもないので、払いよけようがない。まるでどこかの野良に転がった石を枕にして、音にならぬ地鳴りを、石から頭の内へ通らせて寝ているようで、いよいよ昏睡に落ちる。

あくる日、近頃ひさしぶりにぐっすりと眠ったと感じられる寝覚めから起き出してみれば、日常の物の輪郭が平生よりもくっきりと、底意のありげに、際立って見える。百年もこのまま居残る了見の顔してやがる、とつぶやきながら、しかし何かひそかに変わったところがありはしないか、と思わず長くなった不在《るす》からもどってきた目で見まわす。

そんな日に、もう正午に近い雨の中を歩きに出た。さわさわと傘を鳴らす雨の音を上に戴いていると、傘の下もさわさわと鳴る。やがていつもの雑木林に入り、左右にゆるくくねる径を行くと、径の片側に沿って、紫陽花が咲いている。何日も前から咲いていたはずなのに、今になり目に染みる。行くにつれて咲き盛る。あらかたが萼紫陽花になり、そのぱっちりと四弁にひらいた萼の白さがうっすら青く見えるのは、雨の日の林の暗さのせいか、もともと青味の差した白さであるのか、あるいはところどころにまじってふくらむ普通の紫陽花の色を映しているのか。あの木端の舞う空を見あげていた庭にも、紫陽花が咲いていたのかもしれない。もしもその花に子供の目がたまたま行って留まったとしたら、そのあまりの長閑さに気が振れていたか。

そのまま振り向きもせずに林を抜け、もうしばらく足まかせに歩いて、菖蒲時も過ぎて雨水にただ濁る池の端まで来て立ちどまり、今日もまた午飯を喰って机に就いて、暮れ方までにどれだけはかどることか、少々はかどったところでつまりは徒労か、来る日も来る日も、と雨の中へ息をついた。

しぶしぶと踵を返して同じ林の径を、ほかへまわるのもいっそ物憂いようで、また花の咲くのに沿ってたどった。急ぎもしないのに行くにつれて、前へ続く花の径が後へ後へ送り越されて、何時とも知れぬ光景となり、暮れて行く。そのうちに、前へ見る花よりも、背後に置き遺された花のほうが、振り返りもしないのに、薄暗がりからくっきりと浮き立って見えた。径に花ばかりが咲いて、いましがた人の通った跡もない。誰もいない。それでいて自足感のようなものがひとり径を行く。人はここで失せても、この午後も机に向う者が、十年一日、今日ばかりは心静まれとたのみながら、とうに机の四隅だけになっているのを知らずにいる。

紫陽花にわれも机の四隅かな

初出　「新潮」

窓の内　二〇一二年五月号
地蔵丸　二〇一二年八月号
明日の空　二〇一二年十月号
方違え　二〇一二年十二月号
鐘の渡り　二〇一三年三月号
水こほる聲　二〇一三年五月号
八ツ山　二〇一三年七月号
机の四隅　二〇一三年九月号

装画　牛島孝
装幀　新潮社装幀室

古井 由吉　Yoshikichi Furui

1937年東京都生まれ。東京大学独文科修士課程修了。

71年「杳子」で芥川賞、80年『栖』で日本文学大賞、83年『槿』で谷崎潤一郎賞、87年「中山坂」で川端康成文学賞、90年『仮往生伝試文』で読売文学賞、97年『白髪の唄』で毎日芸術賞を受賞。その他の著書に、『楽天記』『忿翁』『野川』『辻』『白暗淵』『やすらい花』『蜩の声』などがある。

2012年、著作集『古井由吉自撰作品』(全八巻)を刊行した。

鐘《かね》の渡《わた》り

発行　2014年2月25日

著者　古《ふる》井《い》由吉《よしきち》
発行者　佐藤隆信
発行所　株式会社新潮社
住所　〒162-8711　東京都新宿区矢来町71
電話　編集部　03-3266-5411
　　　読者係　03-3266-5111
http://www.shinchosha.co.jp
印刷所　大日本印刷株式会社
製本所　大口製本印刷株式会社

乱丁・落丁本は、ご面倒ですが小社読者係宛お送り下さい。

送料小社負担にてお取替えいたします。

価格はカバーに表示してあります。


ISBN978-4-10-319210-7　C0093

父、断章　辻原　登

そこでゆっくりと
死んでいきたい気持をそそる場所　松浦寿輝

還れぬ家　佐伯一麦

日本小説技術史　渡部直己

首折り男のための協奏曲　伊坂幸太郎

穴　小山田浩子

突然、ある考えがわきおこった。父親には息子を殺す権利がある——。作家の記憶を揺さぶる、かけがえのない人への思い。自伝的な要素の強い表題作ほか、全七篇。

おまえの詩は盗作だ、と指弾される詩人。死ぬときの姿勢にこだわる入院患者——。独りで暮す男たちに訪れる誘惑、苦痛、そして愉悦がたっぷりと描かれる短篇集。

高校生のとき親に反発して家を出たことがある光二だが、認知症となった父の介護に迫られる。そして東日本大震災が起こり……。著者の新境地をしめす傑作長編小説。

馬琴、漱石から一葉、尾崎翠まで、小説家が「自己の内面」や「出来事」を描き出す瞬間に生じる「言葉の技術」を緻密な豪腕で論じ、小説の読み方の根幹を築いた大作。

豪速球から消える魔球まで、出し惜しみなく投じられた「ネタ」の数々！　技巧と趣向が奇跡的に融合した七つの物語を収める、贅沢すぎる連作集。あの黒澤も、登場！

仕事を辞め、夫の田舎に移り住んだ夏。黒い奇妙な獣の姿を見かけた私は、後を追ううちに得体の知れない穴に落ちた——。芥川賞受賞作を含む、待望の第二作品集。

忘れられたワルツ　絲山秋子

戻れない場所までは、ほんの一歩にすぎない。あの日から変わってしまった世界がここにあるのだから――。私たちの「今」を、研ぎ澄まされた言葉で描く七篇の結晶。

新世紀神曲　大澤信亮

名探偵・犬神と共に密室へ閉じ込められたのは、21世紀文学の主人公たち。謎めく空間を抜け出すため、愛をめぐる彼らの饗宴が始まる！ 新鋭による前代未聞の批評集。

ベッドサイド・マーダーケース　佐藤友哉

妻が殺された。僕の眠る隣で――。小さな町で密かに進行する『連続主婦首切り殺人事件』。犯人を追う復讐者たちが知る「地球の秘密」とは。四年ぶりミステリー長篇。

冬眠する熊に添い寝してごらん　古川日出男

秘められた掟を生きる兄弟と、呪われし出自をまとう女が交わるとき、血の宿命は百年を超えて彼らを撃ち抜く――。蜷川幸雄へ書下ろす、小説家の豊饒なる長篇戯曲！

キミトピア　舞城王太郎

僕とキミはなぜ離れるの？ 私とアナタはなぜ壊れるの？――でも信じよう、二人だけのこの世界を。書下ろし三作を追加、舞城最多七編で編むトータル・ストーリーズ。

ゴランノスポン　町田康

最高ってなんて最高なんだろう。僕らはいつも最高だ――。私たちの中にある「ハッピー」と「魔力」とは何か。蔵出し短篇から最新作まで、現在を炙り出す七篇の小説集。